Kontaktadresse nach EU-Produktsicherheitsverordnung:
produktsicherheit@fischerverlage.de

Im Jahr 1923 wurde an einem Berliner Landgericht ein Giftmord verhandelt, der schnell zu einem Sensationsprozess der Weimarer Republik wurde: Die 22-jährige Ella (Elli) Klein wurde angeklagt, ihren Ehemann Willi Klein mit Arsen vergiftet zu haben. Darüber hinaus wurde sie der Beihilfe zum versuchten Mord am Ehemann ihrer Freundin Margarete (Grete) Nebbe verdächtigt, die ihrerseits des versuchten Mordes an ihrem Ehemann und der Beihilfe zur Ermordung Willi Kleins angeklagt war. Alfred Döblins literarische Verarbeitung dieses berühmten Kriminalfalls eröffnete 1924 die Reihe ›Aussenseiter der Gesellschaft. Die Verbrechen der Gegenwart‹ im Verlag ›Die Schmiede‹ und wurde von der zeitgenössischen Literaturkritik gefeiert. Döblins meisterhafte Verquickung von Fakt und Fiktion, von nüchternem Bericht und dramatischer Schilderung, vor allem aber seine erzählerische Subversion jeder eindeutigen Urteilslogik machen ›Die beiden Freundinnen und ihr Giftmord‹ zu einem Paradefall neusachlicher Kriminalliteratur, dessen inhaltliche und ästhetische Aktualität ungebrochen ist.

Alfred Döblin wurde am 10. August 1878 in Stettin an der Oder geboren. Nach dem Studium der Medizin arbeitete er fünf Jahre lang als Assistenzarzt und eröffnete 1911 in Berlin eine eigene Praxis. Nach der Veröffentlichung erster Erzählungen, darunter ›Die Ermordung einer Butterblume‹, erschien Döblins erster großer Roman, ›Die drei Sprünge des Wang-lun‹, im Jahr 1915/16 bei S. Fischer. Sein größter internationaler Erfolg war der 1929 ebenfalls bei S. Fischer publizierte Roman ›Berlin Alexanderplatz‹. 1933 flüchtete Döblin vor dem Nationalsozialismus nach Zürich. Die meiste Zeit seiner Jahre im Exil verbrachte er in Frankreich und den USA. Aus dem Exil zurückgekehrt, lebte Döblin zunächst wieder in Deutschland, zog dann aber 1953 mit seiner Familie nach Paris. Alfred Döblin starb am 26. Juni 1957.

Weitere Informationen, auch zu E-Book-Ausgaben, finden Sie bei www.fischerverlage.de

ALFRED DÖBLIN

Die beiden Freundinnen und ihr Giftmord

Mit einem Nachwort
von Hania Siebenpfeiffer

FISCHER Klassik

Alfred Döblin
Gesammelte Werke
Herausgegeben von Christina Althen
Bd. 7

2. Auflage

Printed in Germany
ISBN 978-3-596-90463-1

Unsere Adressen im Internet:
www.fischerverlage.de
www.fischer-klassik.de
www.alfreddoeblin.de

Inhalt

Die hübsche blonde Elli Link kam 1918 nach Berlin. Sie war 19 Jahre alt. Vorher hatte sie in Braunschweig, wo ihre Eltern Tischlersleute waren, angefangen zu frisieren. Es passierte ihr ein kleiner Bubenstreich: sie nahm einer Kundin fünf Mark aus dem Portemonnaie. Ging dann auf einige Wochen in eine Munitionsfabrik, lernte in Wriezen aus. War leicht und lebenslustig; es heißt, daß sie in Wriezen nicht asketisch lebte und Sinn für Kneipgelage hatte.

Sie kam nach Berlin-Friedrichsfelde. Der Friseur, bei dem sie arbeitete, fand sie fleißig, ehrlich, von sehr gutem Charakter. Er behielt sie bis zu ihrer Verheiratung, ein einviertel Jahr. Daß sie lebenslustig war, entging ihm auch nicht. Bei den Ausgängen mit einer ihrer Kundinnen begegnete sie November 19 dem jungen Tischler Link.

*

Elli hatte eine besondere, wenn auch nicht seltene Art. Sie war harmlos frisch, von der Munterkeit eines Kanarienvogels, wie ein Kind lustig. Männer anzulocken, machte ihr Vergnügen. Vielleicht gab sie sich dem und jenem hin: das war Neugierde, Freude, den anderen, das Männchen zu beobachten, dann kameradschaftliches Herumbalgen, das Spaß machte. Sie wunderte sich und fand es lustig, aber komisch, wie wichtig die Männer das nahmen, wie sie sich aufregten. Sie liefen an, man quirlte sie herum, schickte sie weg. Da kam dieser junge Tischler Link.

Er war ernst und beharrlich. Er redete von politischen Dingen, die sie nicht verstand, war leidenschaftlicher Kommunist. Er hängte sich an sie. Sie hatte solchen blonden Wuschelkopf, gesunde volle Backen, blickte so vergnügt in die Welt. Sie konnte so übermütig sein, daß ihm das Herz aufging. Er wollte sie zur Frau. Die wollte er neben sich haben.

Das war ihr gar nicht komisch. Link fiel aus dem Rahmen der Männer, die sie sonst kannte. Er hatte den Beruf ihres Vaters; sie kannte die Arbeitsdinge, von denen er erzählte. Das beschränkte sie etwas in ihrer Art sich zu geben. Sie konnte nicht mit ihm umspringen wie mit den anderen Männern. Es ehrte und beglückte sie, daß dieser Mann um sie warb; sie war in ihrem Familienniveau. Aber sie mußte sich auch ändern; er legte seine Hand auf sie.

Sie berichtete tastend nach Hause: sie habe eine gute und feste Stelle und der Tischler Link, ein fleißiger Arbeiter mit schönem Einkommen bemühe sich um sie. Sie ließ sich von Haus dafür loben. Vater und Mutter freuten sich. Und Elli, wie sie alles überdachte, merkte selbst etwas Angenehmes in sich. Sie war ihm eigentlich ganz gut. Er hatte vor, sie zu versorgen; sie sollte eine eigene Wirtschaft führen. Es kam ihr vor: eine Ehe ist etwas furchtbar Drolliges, aber Nettes; er will mich versorgen und freut sich darüber. Sie war ihm eigentlich recht gut. Von gelegentlichen heimlichen Seitensprüngen ließ sie auch jetzt nicht.

Link war ihr ganz verfallen. Sie merkte es, je länger sie zusammen waren. Zuerst achtete sie nicht darauf. Männer waren immer so. – Aber dann war es unbequem. Es war auch so stark bei ihm und dann immer gleichmäßig. Und ganz leise stieg etwas in ihr auf: ganz leise verdachte sie ihm dies Wesen. Link hinderte sie, den Faden weiter zu spinnen, den sie angefaßt hatte: er wäre ein ernster Mann, von der Art ihres Vaters, sie wollten eine Familie gründen. Nun sank er auf die Stufe ihrer früheren Liebhaber. Nein tiefer, weil er so an ihr hing, so schrecklich aufdringlich an ihr festhielt. Zu ihrem Ärger, ihrem Schmerz bemerkte sie, mit dem konnte man ja umspringen. Er forderte es geradezu heraus.

Sie blieb bei ihm. Es war alles schon im Lauf. Aber es ging ihr je länger je mehr bitter nahe. Es wurmte sie. Dieser Link hatte etwas vorgespiegelt; sie selbst war dadurch avanziert. Jetzt schämte sie sich, auch vor sich. Es war eine unterirdische Enttäuschung.

In Zornausbrüchen kam das ab und zu heraus. Sie war oft nicht nett zu ihm. Fuhr ihn in einem furchtbaren Tone an, brüllte ihn an wie einen Hund. Er dachte bestürzt: sie will mich loswerden.

Sie wischte darüber weg. Er will mich heiraten; warum nicht. Eine eigene Wirtschaft war nicht zu verachten. Und dann war er so jämmerlich; er tat ihr leid. Sie würde mit ihm schon fertig werden. Es gab viele Stunden, wo sie sich vergnügt etwas vorphantasierte, sie würde Ehefrau sein, eine Familie haben, wie die in Braunschweig, ihr Mann war in guter Stellung, er liebte sie, er war ein ernster Mann. November 1920, sie war 21 Jahr, er 28, heirateten sie.

*

Sie zogen zur Mutter des Link. Es war keine eigene Wirtschaft da. Die Mutter hatte ausziehen wollen, tat es aber nicht. Die Frau war nicht sehr freundlich zu ihrem Sohn, auch der Sohn hing nicht an der Mutter. Die Frau wollte die junge Schwiegertochter nicht aufkommen lassen. In den Zwistigkeiten ergriff Link die Partei seiner Frau, schaffte ihr Raum. Er schimpfte gemein auf die Mutter. Die junge Elli hörte zu. Sie bekam Furcht, er könnte einmal auch mit ihr so umspringen. Wie sie ihm das sagte, brummte er: was faselst du? Sie konnte bald schärfer gegen die Schwiegermutter auftreten, als das Einkommen des Mannes gering wurde, und er ihr erlaubte, Kundinnen zum Frisieren anzunehmen. Sie besorgte jetzt die Wirtschaft an den Wochentagen, hatte den Haushalt in der Hand; sonntags und sonnabends, wo sie im Geschäft Aushilfe tat, durfte die alte Frau einspringen.

Dann kam eine Zeit, wo Link öfter abends ausging, bald Abend um Abend, allein ausging, die junge Frau zu Hause ließ, wo sie klagte, daß er sich wenig um sie kümmere; sie konnte ihm nichts recht machen. Er hatte sie gedrängt zu der Ehe. Was war geschehen?

Er war mit der Mutter in Arbeit und übler Laune aufgewachsen. Er wollte vorwärts kommen. Die Frau, der lustige Wuschelkopf, nahm keinen Anteil an ihm, blieb wie sie war, überließ sich ihren Einfällen, war so und so. Manchmal hängte sie sich an ihn, manchmal war er Luft. Sie dachte: wer ist er denn? Er war ein derber Mann, nannte sich gern einen Kuli. Und jetzt, um sie ganz zu haben, näherte er sich ihr – körperlich.

Sie hatte sich früher öfter mit Männern eingelassen. Jetzt drängte sich einer an sie, den sie nicht, belustigt oder ärgerlich, abschütteln konnte, wenn es zu viel wurde. Dieser verlangte etwas von ihr. Er hatte das Recht des Ehemanns für sich, und – die körperliche Berührung behagte ihr nicht. Sie erduldete sie, blieb stumm dabei. Es erregte sie in einer gar nicht angenehmen Weise. Sie zwang sich dazu, den Mann zu erdulden, da sie wußte, das ist so in der Ehe, aber ihr war lieber: es gebe so was nicht. Sie war zufrieden, wenn sie wieder allein lag.

Link hatte eine junge, niedliche Frau geheiratet. Er war glücklich gewesen, daß sie ihm zugefallen war. Jetzt fluchte er für sich. Was war das? Sie trieb es zu weit mit ihren Kindereien, sie war nicht lieb zu ihm. Man konnte nett mit ihr sein bei Tag, auch da war sie oft schlimm, aber in der Umarmung war sie tot. Er grollte ihr. Sie änderte sich nicht, jetzt hatte er kein Heim. Er konnte zärtlich zu ihr sein wie zu einer Puppe, aber wenn er sich mit ihr verbinden wollte, um sie ganz zu gewinnen, blieb sie fremd, nahm ihn nicht an.

Sie fühlte sein Unbehagen. Es machte ihr Freude. Schadenfreude. Er sollte sie nur lassen. Und dann wieder war sie Ehefrau, bemühte sich umzufühlen, aber vermochte doch nicht. Ihr dämmerte ängstlich, daß sie sich da nicht zurecht fand. Es huschte durch sie, trieb sie oft ihm nachzugeben. Aber immer stärker das Gefühl: ich mag nicht. Und dann die massive Empfindung des Ekels.

Er lief abends weg in seine Versammlung, die möglichst aktiv und radikal sein mußte. Er bohrte sich in den Gedanken – ein altes schreckliches Unwürdigkeitsgefühl tauchte auf –: ich bin ihr nicht gut genug, sie spielt sich groß auf. Aber dann zitterte er: ich werde sie unterkriegen. Aufs Heftigste erschütterte ihn ihre geschlechtliche Abneigung.

*

Wie sie sich jetzt gegenüberstanden, war ihre Position sehr verändert. Er war enttäuscht, um das betrogen, was er in der Ehe suchte: Elli gab dem heftigen, in sich entzweiten Menschen nicht Freude, frischen und neuen Impuls. Sie gab ihm keine Möglichkeit zu einer warmen hegenden Liebe, die er in der ersten Zeit bei ihr empfunden hatte und wegen derer er um sie geworben hatte. Es war eine Enttäuschung ähnlich ihrer, als sie fühlte, er ist nicht der ernste Mann, dem ich folgen will. Mit Schimpfen, gereizten Auftritten suchte er es von sich abzuschütteln. Dann fing er an zu kämpfen. Die Sache war lebenswichtig für ihn. Er gab Elli nicht auf. Zunächst benutzte er die Situation, um sich für manches von früher zu rächen: er ließ sich gehen, tobte um Nichtigkeiten. Das Rachegefühl war schon gut, versöhnte ihn beinah mit ihr. Es war die erste Hälfte 1921. Sie waren erst einige Monate verheiratet. Er wollte sie behalten, die so nett und lustig war; sie hatte noch die Art, die ihm gefiel und an ihre gute Zeit erinnerte. Er wollte das festhalten. Er wollte sich an ihr festhalten. Er wollte sie lieben. Er kam auf einen schlimmen Weg.

Ohne daß er wußte, warum und wie, unter deutlichem inneren Widerstreben, verfiel er darauf, geschlechtlich wild mit ihr zu sein. Heftiges, Wildes, Besonderes, von ihr zu verlangen. Es gab einen förmlichen Ruck in ihnen; eine Umstellung vollzog sich in ihm. Er konnte dem wüsten Antrieb nicht widerstehen. Er merkte erst später: es war die Art, wie er mit gelegentlichen Mädchen umging, aber heißer, leidenschaftlicher. Er wollte sein Mißgeschick in dieser Wildheit begraben. Er wollte Elli bestrafen, degradieren gerade hierin, worin sie sich ihm entzog. Sie mochte das nicht; um so besser; gerade ihr Widerwille erregte ihn, steigerte den Reiz. Er wollte Wut. Ganz unterirdisch begleitete ihn noch ein anderes Gefühl: wie er jetzt seine alte verpönte Art an sie herantrug, unterwarf er sich ihr damit noch einmal. Er entblößte sich vor ihr. Sie sollte es gut heißen. Sollte ihn gut heißen. Sie sollte ihn gut machen. Wenn nicht so, dann so.

Sie verstand es. Fing die Geste richtig auf. Sie hatte schon den Hang, manches mitzumachen, um sich zu bestrafen für ihr geschlechtliches Versagen. – Nicht immer beruhigte sie sich an dem Ekelgefühl, das sie völlig einspannte, und das den Mann im ganzen unsauber erscheinen ließ, ihm einen schlechten Geruch gab. Jetzt witterte sie, bei allem Widerwillen, ja Schrecken, daß er sich veränderte, und daß er trotz allem nicht von ihr losließ. Ja, daß er der alte, der bettelnde Liebhaber war, sich ihr auf eine neue Art unterwarf. Sie witterte: zwischen allem Toben, Schimpfen, Schlagen unterwarf er sich ihr aufs Neue. Und während sie ihm nicht die warme Hingabe, Leib und Seele gewähren konnte: dies lag ihr besser. Es war ihr eine angstvolle Erregung, aber nicht ohne Lust, wie er ihr jetzt kam. Sie freute sich schon, daß er kam und daß er litt, weil er sie entbehrte. Und dann war es eigentlich eine Fortführung ihres Zankes, ein Fertigkämpfen auf eine besondere Weise. Es war mehr Schlägerei als Umarmung. Es war doch nicht mehr die dumme, erbärmliche, süße Art von früher, dieses Tätscheln, unmännliche Liebessäuseln. Er hatte ein neues Seelengebiet in ihr eröffnet.

Wirklich wurde auf dieser Linie zwischen ihnen ein zitternder Friede geschlossen. Er wurde auf neue Art nach Hause geführt und, wie er wollte, von ihr gebunden. Er hatte nicht von ihr gelassen. Und sie war von ihm fortgerissen. Es war nicht zu leugnen: sie war ihm nähergekommen. Aber es war ein gefährlicher Weg.

Es blieb nicht bei der Heftigkeit der Umarmungen. Die Veränderung ging bei ihm und ihr weiter. Die Wildheit flackerte in den Tag hinein. Sie wurden beide mehr unausgeglichen und nach Ausgleich bedürftig. Sie wurden mürrischer oder gereizter, gespannt. Sie hatte ein Auge für ihn und lauerte, wie er sich weiter entwickeln würde.

In ihm war ein keuchendes Fieber, sich loszulassen. Er tobte vor ihr, zerriß Kleidungsstücke, schüttete Wäschekörbe aus. Dabei bemerkte er selbst, daß es ihm Freude machte. Sie sollte ihn immer besser sehen wie er war. Er entblößte sich immer mehr und auf seine Selbstvorwürfe bekräftigte er sich: sie muß bestraft werden und er war der Herr im Hause. Und zwischendurch bemerkte der enttäuschte Mann, der ein neues Leben mit Elli hatte beginnen wollen, wie er zurückfiel, und wußte nicht wie sich dem entziehen. Manchmal befiel ihn ein Schreck. Jammer kam über ihn, um sich, um Elli, um seine Ehe. Kummer, wie alles gekommen war. Es war gut, wenn er nicht zu Hause war. In diesen Monaten, gegen Mitte des ersten Ehejahres, trieb er sich fast Abend um Abend in Lokalen herum, steckte den Kopf in radikalpolitische Ideen. Und fing an zu trinken. In der Trunkenheit fand er seine alte Freiheit und Ruhe wieder. Es gab da keine Sehnsucht. Kam er betrunken nach Hause, war da die Frau. Sie mußte ihm zu Willen sein. Mit Schlägen oder ohne Schläge. Und es war alles gut.

*

Wie er sich so entwickelte, wurde Elli stiller. Sie kam ins Hintertreffen. War sie nicht eigentlich schon unterlegen? Ein Haß regte sich in ihr. Er schlug öfter auf sie ein. Es wurde manchmal drei Uhr nachts, daß sie stritten. Jetzt waren diese Streitigkeiten schon nicht mehr unsichtbare Umarmungen. Die Wildheiten hatten fast ganz ihren alten lockenden Sinn verloren. Es waren nackte Rohheiten. Und wenn er sie überfiel, war auch aus dem Geschlechtlichen jedes Gefühl genommen; sie hatte nichts als furchtbaren Ekel, gesteigerte Empörung und Haß. Elli, mit Lächeln und Spott in die Ehe getreten, hatte einen gewalttätigen Herrn über sich.

Aufmerksam und mit Vergnügen beobachtete seine Mutter, in deren Wohnung sie noch waren, die Entwicklung. Ihr Sohn nahm schon nicht mehr die Partei der Elli; die Mutter hetzte gegen die junge Frau.

In Elli brannte ein einziger Zorn. Sie wollte weg von Link. Als sie bei ihrer täglichen Auseinandersetzung davon sprach, warf er ihr höhnisch den Reisekorb vor die Füße. Noch größer als auf Link war ihr Zorn auf die hetzende Mutter. Elli drohte, es werde noch etwas passieren, wenn nicht bald eine Änderung eintrete. Die Mutter, sie hatte ein schlechtes Gewissen, fürchtete sich vor der Schwiegertochter. Einmal trank sie eine Tasse Kaffee, die ihr Elli gab. Ihr kam vor, als ob der Kaffee einen beißenden scharfen Geruch hatte. Und als sie ihn vorsichtig mit der Zunge abschmeckte, brannte er unangenehm. Sie fuhr gegen die Schwiegertochter heraus: du willst mich vergiften! Elli kostete selbst den Kaffee, zuckte mit der Achsel: bei mir kannst du hundert Jahre alt werden. Die alte Frau erzählte im Haus davon, auch ihrem Sohn, der sehr finster wurde.

Elli aber warf sich herum. Nicht lange nach dem Vorfall, Juni 1921, verließ sie das Haus, fuhr zu ihren Eltern nach Braunschweig. Alles Geld, dessen sie habhaft werden konnte, auch das für das Fahrrad, das der Mann verkauft hatte, dann die Groschen aus dem Gasautomaten nahm sie rachsüchtig mit.

*

Vierzehn Tage war sie in Braunschweig. Sie erzählte von den ehelichen Zuständen, soweit sie sprechen konnte. Die biederen Eltern nahmen kopfschüttelnd Kenntnis. Man sprach nicht oft davon. Die Eltern hielten alles für übertrieben, Elli war ein Kindskopf, sie sollte sich beruhigen. Elli suchte selbst von den schrecklichen Dingen wegzukommen. Sie suchte sich fast mit Gewalt in ihre alte Umgebung wieder einzufinden. Sie bekam nicht Recht von den Eltern, aber sie war auch geneigt, sich mit Zwang auf die ruhige Meinung der Eltern einzustellen.

Der mürrische Mensch saß inzwischen allein in seiner Wohnung in Friedrichsfelde bei der Mutter. Hörte ihr Schimpfen an auf die schlechte Frau, die weggelaufen war, und brüllte sie an. Er war wütend auf die Mutter, auf Elli, vergrämt über sich. Und alles Schimpfen half nicht darüber weg, daß ein starker Schlag gegen ihn geführt war; er war ernüchtert. Es kamen Briefe von ihm in Braunschweig an. Aus einem hörte Elli die Stimme ihrer Schwiegermutter heraus: wegen dieser Tasse Kaffee hatten sie sich in Berlin fürchterlich gestritten, jetzt fing er wieder damit an: »Du mußt mir versprechen, daß du das mit der Mutter nicht ausführen wirst, dann wird alles anders werden.« Er schrieb in einem zaghaften, uneingeständlich versöhnlichen Ton. Die Eltern drängten, sie solle doch gehen, er warte doch auf sie. Ihr war schon etwas freier. Der Vater freute sich, als sie sehr zögernd fortging; sie wollte den Eltern willfahren. Die Mutter konnte sich nicht recht abfinden mit dem unentschlossenen Ausdruck, dem gespannten Gesicht ihrer lustigen Tochter.

Und kaum sie in Berlin zusammen waren, fing die Hölle wieder an. Es war, als wenn sie ihre abgebrochene Unterhaltung fortführten. Sie glitten, kaum sie sich sahen, sich unverändert wiedererkannten, heißhungrig in diese Unterhaltung hinein. Hinzu tat er seinen Ärger über ihre Flucht, die erlittene Beschämung, und dann die Scham, daß er sie zurückgeholt hatte. Das mußte er verdecken und wettmachen. Elli stellte sich ihm, aber jetzt fing sie bald an zu beben, zu leiden. Ihre Eltern hatten sie nicht behalten wollen. Er schlug sie und war stärker als sie. Sie wollte diesen endlosen quälenden Kampf nicht. Sie fühlte, wie sie sich selbst entfremdete. Sie dachte an früher, wie es ihr gegangen war und wie es zu Haus war. Was war sie zu Hause und in Wriezen gewesen, und später. Sie saß hilflos über sich, ihrer selbst überdrüssig, schlaff und dann wieder zu allem fähig.

Er merkte etwas von ihrer Feindschaft. Es gab ihm einen Ruck. Er wurde erschüttert, erinnert. Er schimpfte. Was heulte sie? Sie war selbst schuld. In einem Gemisch von Groll und schlechtem Gewissen, manchmal gegen seine alte Zärtlichkeit ankämpfend, ging er herum. Es müßte etwas geschehen. Eine Änderung müßte geschehen. Er führte den Entschluß aus, den er schon in Ellis Abwesenheit gefaßt hatte, betrieb den Umzug, die Trennung von seiner Mutter. Er dachte: wir ziehen weg von der Mutter, das wird helfen.

Sie zogen möbliert nach der W.-straße zu einer Frau E. Es war Anfang August 21. Sie gingen auch in diesen Tagen manchmal zusammen aus. Am 14. August nahm sie Link mit in die Gastwirtschaft von E., dem Jagdheim, wo er einen Mann treffen wollte, den er kurz vorher kennengelernt hatte. Es war der Eisenbahnschaffner Bende. Der hatte seine Frau auch mitgebracht, Margarete, Gretchen.

Sie war drei Jahre älter als Elli, 25 Jahre alt. Hatte scharfgeschnittene, fast strenge Züge, braune Augen, eine große etwas knochige Figur. Sie saß neben ihrem Mann, einem ehemaligen Unteroffizier, einem strammen, ja massiven Menschen. Er war nicht dunkel und zerrissen wie Link, war nicht wie der hinter seiner Frau her. Er kannte auch andere Wege. Er war forsch und gewandt, der mit seiner Frau fertig wurde und sich etwas gönnte. Sie waren drei Jahre verheiratet. Verschlossener als Elli war die Bende. Sie war gar nicht leicht und lebenslustig. Sie wohnte mit ihrer Mutter zusammen, an der sie hing. Während des Krieges hatte sie sich mit Bende verlobt. Schwärmend hatte sie sich ihm angeschlossen. Schrieb noch im September 1917 ihrem lieben Willi, der im Kriege war: »o selige Stunden, o trautes Glück, wann kehrst du wieder zu mir zurück,« nannte sich seine treue Grete. Im Mai 18 war Hochzeit gewesen. Die Ehe war dann sehr schwankend. Sie kam schwer gegen den Mann auf. Ohne ihre Mutter wäre sie völlig an die Wand gedrückt worden.

Elli hielt um diese Zeit Umschau. Sie mußte sich irgendwo anlehnen.

Die Frauen sprachen sich an. Während die Männer tranken, grobe Späße machten, sahen sie sich. Sie forschten sich mit Blikken aus. Die Bende hatte das bekümmerte Wesen Ellis bemerkt, aber noch mehr ihre kindliche Art, die zierliche Figur, den blonden Wuschelkopf. – Sie gingen zusammen. Sie wohnten beide in der W.-straße, verabredeten sich. In der Wohnung der Bende fand Elli noch Margaretens Mutter, Frau Schnürer, eine freundliche, ältere, blauäugige Frau. In der Wohnung kam man sich näher.

Die Frauen merkten, daß Elli gern und oft zu ihnen kam. Und Elli sah, daß die beiden Frauen gegen den Mann zusammenhielten. – Frau Schnürer war eine mütterlich ruhige Frau, Gretchen herzlich gut zu Elli, wärmend gut. Nach nicht langem Sondieren und Vorfühlen erfolgte auf beiden Seiten die Entladung. Da hatte Elli erzählt, was sie erzählen konnte, krampfartig, stoßartig; schmachtend ihr abgenommen von der anderen. Elli hatte etwas erreicht: man nahm sie schützend auf. Sie brauchte nicht nach Braunschweig fahren. Es war eine förmliche Veränderung, eine Befreiung. Sie hatte sich auf den alten, guten Teil ihrer Seele gestellt. Saß nun nicht mehr hilflos da, oder schrie, wenn er tobte und wußte doch, daß sie nicht aufkam. Jetzt sah sie alles bald wie im Beginn: das war doch der Mann, der sich ihr angehängt hatte. Unter dem sie fast schwach, nein, schrecklich geworden war. Und schob die peinlichen Erinnerungen von sich. Das Bild der Bende, dies Bild hielt sie fest, wenn sie nach Hause ging.

Grete Bende war ein merkwürdiges Geschöpf. Sie erging sich in starken, unklaren Gefühlen. Romantische, romanhafte Phrasen liebte sie. Sie durchschaute nicht viel, hatte erfahren, daß sie oft anstieß; sie schmückte und erhob sich mit einem schwallartigen dunklen Pathos. Sie war bei ihrer Mutter aufgewachsen, hatte das Haus noch nicht verlassen, wohnte eigentlich noch jetzt bei ihrer Mutter. Unter der engen Anhänglichkeit an die Mutter war Grete unfrei geblieben, reich an Gefühlen, aber ihren Selbständigkeitstrieb hatte die Mutter und sie selbst zum Verkümmern gebracht. Sie machte oft Anläufe zur Freiheit, meinte es nicht ernst, blieb wie sie war, im Stadium des Kindes. Ein Anlauf zur Freiheit war auch die Verbindung mit Bende. Auch der mißlang. Sie war zu schwach, um einen unruhigen Mann wie diesen zu halten, oder gar mit weiblichen Mitteln zu beherrschen, enttäuschte ihn, der nach Zügel und Überlegenheit verlangte, forderte seine Heftigkeit und Willkür heraus. Hilflos, aufs Stärkste eifersüchtig, flüchtete Grete wieder zu der Mutter, die sie immer erwartete. Die Neigung der Schlechtweggekommenen sich zu entrüsten, zu klagen, war sehr gesteigert. Die Masse von unbefriedigten Gefühlen, das Wogen in ihr hatte zugenommen. Jetzt kam Elli, die kleine verspielte Person, mit der lustigen bubenhaften Art. Grete wurde von dieser, die eigentlich Hilfe und Stütze suchte, bewegt, angefaßt, umgetrieben, wie vorher von keinem Menschen. Keiner hatte um sie, die ernste, stille und mehr trübe, recht geworben. Und wie sie, geschmeichelt, gereizt und entzückt von diesem lustigen und auch gedrückten Wesen, schwankte, wie sie ihre Gefühle zu ihr richten sollte, wies ihr Elli selbst den Weg. Hier mußte Grete trösten, zustimmen, aufrichten. Das löste sie etwas von ihrer Mutter; zugleich zeigte sie sich als echtes Kind ihrer Mutter, indem sie deren Rolle spielte. Sie zog Elli an sich. Die war ihr Trost, Ersatz für den schlechten Mann, den sie nicht festhalten konnte. Im Gefühl für Elli versteckte sich die Bende, hüllte sich warm ein, wie sie es brauchte. Die Link mußte man schützen, sie brauchte Hilfe. Sie wollte sie ihr geben. Die Link war ihr Kind.

So stellten sich die beiden aufeinander ein. Die Bende ließ ihr aufgestautes Liebesgefühl auf Elli los. Und Elli, entlastet, zärtlich gelockt, fand sich aufatmend in ihrer alten Rolle wieder, war der muntere kleine Frechdachs der früheren Zeit, der die Bende entzückte.

*

Link war erschüttert durch ihre Flucht zu den Eltern. Trotz seines fortgesetzten Tobens hatte er einen Schlag weg. Nach dem Umzug blieb Unsicherheit in ihm. Er tastete, fühlte, er war an einem Wendepunkt. Elli besserte sich. Aber er sah: nicht sehr und nur vorübergehend. Und auch er konnte, nein, wollte sich nicht im Zaume halten; einige Dinge, einiges Schimpfen lief schon wie von selbst hin. Von sich aus hatte er das Gefühl: sie könnte es ihm doch nicht so krumm nehmen. Aber in Ellis Stimme kam jetzt – es war auffällig – wenn sie sich stritten, leicht ein herausfordernder Ton, etwas Fremdes, Neues. Sie machte in irgendeiner Weise – er fühlte es und es reizte ihn stärker – machte nicht mit. Sie trieb, wenn sie sich zankten, den Streit mit einer unglaublichen Verbissenheit vor. Und das stieß ihn weiter. Er wollte nicht, er klagte: man hatte jetzt seine eigene Wohnung, er hatte schönen Verdienst; warum wurde es nicht besser?

Der Kampf, den Grete Bende gegen ihren Mann führte, ziemlich ergebnislos und meist mit Schlappen, diesen Kampf führte sie jetzt erliegend, erlegen über die Wände ihrer Wohnung hinaus. Sie kämpfte gegen einen schlechten Mann. Gegen Link. Der wurde ihr fast eins mit Bende. Und sie kämpfte heftiger gegen Link, weil ein Kampfpreis da war, ein noch ungenannter: Elli. Sie konnte Rache nehmen an ihrem Mann und auch – es wühlte sie ungeheuer auf – ein lebendiges Wesen ungestört an sich ziehen, ganz ungestört ein Geschöpf für sie, nur für sie. Sie konnte lieben.

Elli trug heiß die Wut ihrer Streitigkeiten zur Bende, die sich daran delektierte. Link kämpfte, ruderte und rang weiter. Er merkte nicht, daß er mit zwei Menschen kämpfte, oder mit einem neuen, leidenschaftlich starken. Elli hatte einen zweiten Willen, die Bende. Und dieser Wille war hart, weil er keine unmittelbare Berührung mit ihm hatte, sondern abstrakt, ganz allgemein aus dem Leeren gegen ihn anfuhr.

Enger zogen sich die beiden Frauen zusammen. Die Bende zog sie zusammen. Die Frau konnte Elli gar nicht loslassen. Sie begehrte ihre Hand in alles an dieser Ehe zu stecken. Sie hatte, das war ein Zeichen ihrer Unsicherheit und Heftigkeit, gar kein Vermögen, aufzuhören mit dem, was sie der Elli zu sagen hatte. Sie mußte ihr, eifersüchtig, empfindlich für alles und jedes, Instruktionen geben. Merkwürdig aufreizend, dabei wohl verständlich blieb es der Bende in der ersten Zeit, welchen sonderbaren Widerstand Elli ihr entgegensetzte. Elli haßte ihren Mann, aber doch nicht so wütend, wie die Bende gerne mochte. Elli schwankte, wie – die Bende selbst schwankte. Heute kam die Blonde aufgeregt, jammerte, sprühte Zorn; Grete redete tröstend auf sie ein; sie saßen herzlich nebeneinander. Und am nächsten Tage war Elli gut, aber ließ kein Wort von Link verlauten. Und verächtliche Worte, die üblichen Schimpfereien auf ihn überhörte sie. Das war der Bende unsagbar traurig. Sie sprach sich oft zur Mutter darüber aus, verheimlichte ihr, was sie fühlte. Man müßte Elli, das Kind, von diesem schlechten Mann, dem Schuft, der sie schlug und der solche Frau gar nicht verdiente, befreien. Immer wieder ließ sie sich von dem einwickeln. So redete sie empört und zitterte dabei.

Sie drängte sich enger an Elli. Das Briefschreiben, ein eigentümliches Briefschreiben begann zwischen den beiden Frauen, die in derselben Straße wohnten, sich täglich sahen und noch in der kurzen Abwesenheit ihr Gespräch, die Bemühung und das Abwehren fortsetzen mußten. Es war der Liebende und der Geliebte, der Verfolger und der Verfolgte, die sich hier faßten. Sie schrieben sich erst nicht viel. Dann entdeckten sie Reize in dem Schreiben. Merkten, es war etwas Besonderes daran, das Spiel, das sich Freundschaft, Verfolgung, Liebe nannte, fortzusetzen, während der andere nicht da war. Es war etwas eigentümlich Erregendes, eine Heimlichkeit mit Süße; und halb bewußt, halb unbewußt führten beide die Linie weiter im Schreiben, die sie schon innehielten: die Bende das Weiterverfolgen, Anziehen, Festhalten, Verdrängen des Mannes, die Link die Neigung zu spielen, sich einfangen zu lassen, die Beteuerungen, sich zu unterwerfen. Die Briefe waren scheinbar ein Mittel der gegenseitigen Hilfe, des Komplotts gegen die Männer, zugleich und vornehmlich bald ein Instrument der Selbstberauschung. Sie stachelten sich darin, beruhigten sich, überlisteten den anderen. Die Briefe waren ein großer Schritt auf dem Wege zu neuen Heimlichkeiten.

Gretens Mutter hielt zu den beiden Frauen. Herzlich und schmeichlerisch begegnete ihr Elli. Sie nannte die Frau S. bald ihre zweite Mutter. Auch die Frau S. stieß der Ehemann Bende ab; die Tochter war ihr Einziges und das behandelte er schlecht. Sie sah scharfäugig und mitfühlend, wie die Tochter um den Mann kämpfte, wurde mit abgestoßen, als die Tochter abgestoßen wurde. Sie war empört, zog sie mütterlich enger an sich. Es war kein nur negatives Gefühl, das sie da hatte; sie nahm im Grunde ihre Tochter, ihr Einziges wieder. Der Kreis erweiterte sich, Elli trat ein, wurde die Freundin der Tochter. Sie hatte ein Schicksal wie Grete. Gegen die Männer kapselten sich die drei Frauen ab, ließen sich selbst durch warme Gefühle aneinander binden. Sie waren eine kleine Gemeinschaft, so verschieden ihre Einstellung aufeinander war. Sie fühlten sich gut in ihrem Gefühle, wurden dreifach sicher in ihrer Abweisung der rohen Männer. Grete Bende schrieb einmal an Elli: »Als ich gestern nach acht Uhr vorn am Fenster stand und noch auf dich wartete, da sagte Mama zu mir: sieh dir mal die drei Tulpen an. So fest wie die zusammen sind, so fest wollen wir drei, Elli, du und ich, auch zusammenhalten und wollen kämpfen, bis wir drei den Sieg errungen haben.«

*

Ihr Spiel zueinander war so eingestellt. Da geriet die Bende rasch in ein süßes Fieber, das mit der Elli zusammenhing. Ganz allmählich, sehr langsam weckte dieses Fieber ein ähnliches in Elli. Sie wurden auf dem Weg der Heimlichkeiten, der erst nur gegen die Männer gerichtet war, stark weitergetrieben. Sie verbargen es sich noch, auch jede vor sich, daß der Weg seine Richtung verloren hatte.

Zwischen und nach den Brutalitäten der Männer, dem Abwehren ihrer tierischen Angriffe: diese Zartheit, dieses Einfühlen und Hinhören des einen auf den anderen. Es war etwas von der Einhüllung des Kindes durch die Mutter. – Elli war munter spielerisch, lustig und schmeichlerisch zu der Bende. Aber die leidenschaftliche, von überschüssigen Gefühlen getriebene Freundin sprach ihr zu, drückte ihr die Hand, hielt sie so an sich. Solche lockende Zartheit hatte Elli – sie mußte es sich gestehen – noch nie kennengelernt. Sie war eigentlich nur auf die Rolle der Schmeichelkatze und des lustigen Frechdachses eingestellt. Sie wurde jetzt, ganz ohne ihren Willen, ja zu ihrer eigenen Verwunderung, die gar nicht angenehm war, berührt und gefangen. Elli hielt sich immer, um sich vor sich zu rechtfertigen, die Rohheiten des Mannes vor, den Anlaß dieser ganzen Freundschaft. Sie schämte sich heftig – sie wußte selbst nicht warum – ihrer Heimlichkeiten mit der Bende. Und das schwächte sie auch in ihrer Position gegen den Mann. Sie wurde deshalb, ohne daß die Bende es begriff, gelegentlich abweisend gegen die Bende. Es geschah aber auch, daß sie ihr Schuld- und Schamgefühl – der Verbindung mit der Bende – in Erregung und Wut auf den Mann umwandte, dies Schuldgefühl damit überdeckte, manchmal blind, manchmal in dem dunklen Gefühl: er hat das mit auf seiner Kappe, ohne ihn wäre ich nicht dahin gekommen. Und jede schlimme Szene zu Hause warf sie heftiger an die Bende: gerade wollte sie bei ihr bleiben, sie hatte Recht bei ihr zu bleiben. Das Gefühl für die Freundin entwickelte sich in der Tiefe weiter und zog wie ein Polyp andere an sich.

Link arbeitete, suchte die Frau zu versöhnen, fuhr wieder gegen sie an, trank. Sein Weg war monoton, nur in einer Steigerung begriffen. Er hatte vor allem die Frau wieder, ihre Eltern standen ihm bei, sie würde sich die Hörner an ihm ablaufen. Er fiel sie unverändert geschlechtlich an: mit ausgesprochenem Ekel, mit offenem Abscheu und Empörung erlitt sie es. Sie wollte ganz weg davon, weg von dem Seelengebiet, das er ihr aufgerissen hatte, dem des Streits, der Wildheit, der Haßverflochtenheit.

Ihr Kopf wurde wirr unter den Erregungen mit der Freundin und dem Mann. Sie lief zur Freundin, um sich Ruhe zu verschaffen. Ihre kleine Wirtschaft vernachlässigte sie. Wenn ihr der Mann morgens für den Haushalt und für kleine Besorgungen Aufträge gab, vergaß sie es, in ihrem inneren Trubel, und weil sie überhaupt nicht denken wollte. Sie mußte sich kleine Aufträge aufschreiben. Und ihm, der das beobachtete, machte es Freude, ihr Aufträge zu geben, damit sie über Tag an ihn zu denken hatte, damit er sie binde und klein kriege. Er konnte ihr dann abends, wenn er nach Hause kam, zeigen, wer sie war. Ihre Angst, wenn er kam; meist angetrunken. Sein wahnsinniges Toben. Dann war sie ihm schon nicht mehr diese bestimmte Elli. Er tobte, weil er Herr war. Es war der Rest, die Ruine seiner Liebesleidenschaft. Zerbrach, was er fassen konnte, griff nach Geschirr, Tisch, Rohrstühlen, Wäsche, Kleidung. Sie schrie: »Sei doch nicht so streng mit mir! Ich mach doch alles, was ich kann. Wie soll ich es denn machen? Hau mir doch nicht immer auf den Kopf! Du weißt doch, daß ich am Kopf nichts vertragen kann.« – Er: »Reiß den Verstandskasten zusammen!« Sie: »Mann, du erreichst mit der Strenge gar nichts, nur mit einem guten Wort. Du verschlimmerst die Sache bis ich für nichts garantiere. Du machst so lange, bis das Maß überläuft.« »Du kleines Ding! Was kannst du schon machen. Hier ist der Gummiknüppel. Der wird dir helfen!«

Ihr Haß auf den Mann. Sie schrieb erbitterte Briefe an ihre Eltern, die sie zurückgetrieben hatten. Sie sollten wissen, wie es mit ihnen stand. Sie mache ihrem Mann sein Heim so ungemütlich, daß er schon gehen solle. Sie besorge ihm nur sein Fressen. Sie hasse ihn, daß sie ihn anspucken möchte, wenn sie ihn sähe. Sie möchte nur, daß er arbeiten müsse, für Alimente und für sie. Sie wolle ihm wieder ausrücken, und das Bett, das er gekauft habe, auch die Bezüge seiner Mutter, alles wolle sie mitnehmen. Unter Eheleuten gebe es keinen Diebstahl.

Der Haß faßte sie zwar an und sie stürzte sich willentlich tiefer in den Haß, aber immer waren ihre Worte noch erbitterter als ihr Gefühl: sie suchte ihre Neigung zu der Bende zu rechtfertigen, die sie sich und den anderen nicht eingestehen wollte. Sie sprach auf diese Art verschleiert von der Bende. Ein sonderbarer Zwiespalt entstand in Elli; er wurde ihr im Umgang mit der Bende täglich deutlich, brannte ihr förmlich auf die Nägel. Die Dinge mit Link besprach Elli mit der Bende täglich, aber sie war in eine Rolle gedrängt, mußte übertreiben, manches falsch darstellen; sie mußte den Rest ihrer Bindung an Link leugnen. Sie führte eine Art Doppelleben. Dieses Hin und Her war nicht ihr Wunsch.

Aber schon entschied es sich, wenigstens für jetzt. Die Liebe zwischen den beiden Frauen flammte auf. Aus dem bloßen Freundschaftsbeteuern, Trösten, Küssen, Umarmen, Sich-auf-den-Schoß-setzen wurden geschlechtliche Akte. Es war die Bende, die gefühlsstarke, leidenschaftliche, die zuerst zuckend dazu hingerissen wurde. Anfangs war Elli ihr Kind gewesen, das sie beschützen mußte. Jetzt bewunderte sie die kleine entschlossene Aktive. Sie schob sie ganz in die Rolle eines Mannes hinein. Dieser Mann liebte sie, dieser ließ sich von ihr lieben; sie war als Frau nicht sehr glücklich bei Männern und ganz und gar nicht bei ihrem eigenen Mann. Jetzt war Elli ihr Mann. Sie mußte ihr immer wieder ihre Liebe versichern. Nicht genug Beteuerungen und Liebesbeweise konnte die Bende empfangen. Elli, im Wegdrängen von Link, ließ sich willentlich auf diesen Weg führen. Ihre Aktivität, ihre männliche Entschlossenheit bekam einen geschlechtlichen Boden und steigerte sich gefährlich dadurch.

Nach diesen Vorgängen wuchs in ihnen die Sicherheit und das Gefühl, zusammenzugehören. Ein Scham- und Schuldgefühl war da, aber es schwächte sich gegen die Männer ab. Elli stieß heftiger ihren Mann zurück. Es war die Wahrheit, was sie der Bende sagte und schrieb: daß sie ihrem Mann oft den Verkehr verweigerte und ihn nur gezwungen duldete.

*

Damals gegen Ende 21 kam es bei Streitigkeiten zwischen den Links rasch zu schweren Handgreiflichkeiten. Elli war vollkommen im Haß auf ihren Mann. Der Mann war stärker; sie trug Beulen und kleine Verletzungen am Kopf davon. Sie ließ sich von Sanitätsrat L. ihre Verletzungen attestieren.

Denn in ihren Gesprächen mit der Bende war sie schon zu dem Entschluß gekommen, sich von Link zu trennen. Die Bende und sie hatten öfter – ein Rauschzustand der beiden begann – den phantastisch schönen Plan durchsprochen: sie wollten zu dritt, die Mutter, Elli und Grete zusammen ziehen. Darum saß in Elli der Gedanke der Ehescheidung fest. Sie dachte nur daran, aktiv zu sein, männlich zu sein, der Freundin ihre Liebe zu beweisen. Sie hatte kaum mehr einen Blick für den Mann. Er arbeitete vor Weihnachten die Nacht über, zweimal vierunddreißig Stunden. Aber sie lief zu der Bende. Der Ehemann Bende hatte Elli schon das Haus verboten; ihm gefiel das Klatschen und Zusammenhokken der Frauen nicht. Auch der Ehemann Link wünschte nicht Ellis Verkehr mit der Bende. Er glaubte nicht an Ellis Besuche bei der Bende, war eifersüchtig auf einen unbekannten Mann. Die beiden Frauen waren in Furcht von ihren Männern ertappt zu werden, trafen sich oft nur im Husch auf der Straße. Das gefährliche Briefschreiben, das die Gefühle übersteigerte, nahm zu: es war schon eine Flucht vor den Männern, ein ideelles Zusammenleben ohne Männer. Sie gaben sich selbst die Briefe auf der Straße, ließen sie sich gelegentlich zutragen. Ein Gardinenzeichen hatten sie an den Wohnungen verabredet, für die Anwesenheit und Abwesenheit der Männer.

Eine schlimme Sylvesternacht kam. Link, der dumpfe trübe Mensch, war wieder aufs Äußerste gereizt. Als er mit Elli einen Augenblick allein war, drohte er ihr: »Komm nur nach Hause, dann kannst du deine Knochen zusammensuchen.« Elli, in Angst vor ihm, erzählte es seiner Schwester, bei der sie waren. Die nahm Ellis Partei. Elli solle doch von ihm gehen, wenn es nicht anders würde; dann solle er eben wieder zur Mutter zurückgehen. Die Schwester richtete es ein, daß die Eheleute die Nacht über dablieben. Am Morgen des ersten Januar ging Elli nach Hause. Er kam erst gegen Abend, betrunken. Das Brüllen, Schimpfen: »Du Hure, Sau!«, das Schlagen ging los.

Am 2. Januar lief Elli heimlich weg. Die Vorbereitungen zur Flucht hatte sie mit der Bende und ihrer Mutter besprochen. Die hatten in der Nähe ein Zimmer bei der Frau D. ausfindig gemacht. Mit grünen und blauen Flecken an der rechten Schläfe erschien Elli bei dieser Frau. Sie war in Freiheit. Der Mann wußte die Adresse nicht.

Die Bende hatte ihren Triumph. Sie war eigentlich mitgeflohen, auf ihre mutlose, schwankende Art. Ihr war leichter; sie war jetzt stärker, gesicherter in den Kämpfen zu Hause. Elli war ganz ihr. Überschwänglich begrüßte sie die Flucht. Elli müßte festbleiben, sie müßten zusammenbleiben, jetzt müßte das Eisen geschmiedet werden. »Aber mein Lieb, wenn du zurückgehst oder jemand anders liebst, so sind wir für dich verschollen vor deinem Angesicht.« Sie kannte, mit einem Schluß von sich aus, die Unsicherheiten und Blößen Ellis, warnte sie vor Link, vor dem Schuft und Strolch. Sie solle nicht auf Briefe von ihm hereinfallen, die der reine Hohn und Affenliebe seien. Er müßte im Rinnstein krepieren. »Das eine sage ich dir fest und heilig, kehrst du wieder zurück, so bin ich für dich für immer verloren.« Ängstlich sah die Liebende, daß Elli wie eine Gejagte geflohen war, auch nur durch ihre Mithilfe geflohen war. Es mußte gefährlich werden, wenn sie sich beruhigte und Link anfinge zu werben. Sie schrieb der Elli – denn sie schrieb noch immer weiter, aus Lust an der traumhaften Athmosphäre der Briefe –: sie besäßen, sie und ihre Mutter, zuviel Ehrgefühl und Charakter, um Ellis Schwelle wieder zu betreten, wenn sie zu ihrem Mann zurückkehre. Sie könne gar nicht daran denken; das Herz bräche ihr vor Kummer und Trauer zusammen.

Link saß allein. Die Mutter war jetzt nicht in seiner Wohnung. Er trank, fluchte für sich, ging zu seiner Mutter, schimpfte. Es war wieder eine infame Leistung der Elli. Die war hart. Er sah schon, sie würde ihn wieder unterkriegen. Seine hilflose Wut bei dem Gedanken, daß das kleine Ding wagte mit ihm so zu spielen. Das Rebellieren nützte nichts. Es war nur obenhin. Er fühlte schon das andere. Er war schon unterlegen, suchte sie schon wieder zu lieben. Er widerstand in den ersten Tagen der Rachsucht und des Schmerzes. Dann war er der alte, der Mann der Verlobung.

Die Szenen der letzten Tage stellte er sich vor. Er war furchtbar schlimm zu der kleinen Elli gewesen. Sein altes Minderwertigkeitsgefühl spielte auf; er wollte besser werden; das las er so: er sehnte sich nach ihr. Und immer stärkere Unwürdigkeit und Leiden und immer stärkere Sehnsucht jeden Tag, den sie nicht kam, an dem er nichts von ihr hörte. Er parlierte mit seiner Zimmervermieterin, die ihm bestätigte, als er so betrübt war, daß Elli es immer sehr eilig hatte, zu ihrer Freundin zu laufen, und dann wurde alles in der Wirtschaft verbummelt. Noch ein paar Tage sträubte er sich, dann streckte er die Waffen. Er schrieb an ihre Eltern nach Braunschweig, er war froh, als er das Papier unter den Fingern hatte und das Gespräch mit ihr begann. Er klagte: »Wie oft habe ich meine liebe Frau gebeten und immer wieder gebeten, sprich doch einmal ein paar Worte, wenn ich nach Hause komme. Wie oft habe ich gebeten: geh nicht den ganzen Tag zu Bendes.« Und dann: »Auch daß ich Elli geschlagen habe, muß zu verstehen sein. Denkt daran, um meiner Frau ein schönes und gemütliches Weihnachtsfest bereiten zu können und weiter zu kommen, habe ich lange gearbeitet, und von solcher Arbeit komme ich körperlich und geistig abgespannt nach Hause. Elli will Einkäufe machen und geht gegen meinen Wunsch und den des Herrn Bende doch zu ihrer Freundin. Elli verläßt das Haus nicht, trotzdem Herr Bende es ihr verboten hat. Es kommt dort zum Krach zwischen den Eheleuten. Warum muß Elli das tun? Elli hat mir ins Gesicht geschlagen und hat auch von mir ein paar Klapse bekommen.« Er endete den Brief mit langen Liebesbeteuerungen.

Die Frau saß nicht weit von ihm, bei Frau D., beruhigte sich, war froh, von der Bende geführt zu werden. Sie war diesmal nicht zu den Eltern gegangen. Hier war ihre Freundin, war alles klar und rein. Sie suchte einen Rechtsanwalt auf, Dr. S., erzählte ihm von den Mißhandlungen. Der Anwalt beantragte eine einstweilige Verfügung, wodurch ihr das Getrenntleben gestattet wurde und ihrem Mann aufgegeben wurde, ihr einen Prozeßvorschuß und eine monatliche Rente zu zahlen. Zur Glaubhaftmachung wurde das ärztliche Attest und eine eidesstattliche Versicherung der Frau Bende und ihrer Mutter überreicht. Am 19. 1. erging die einstweilige Verfügung antragsgemäß ohne mündliche Verhandlung. In der Ehescheidungssache wurde Termin auf den 9. 2. anberaumt.

Das war Ellis Kampfhandlung. Sie war auf dem Wege sich zu befreien, die Verhakung mit Link zu lösen. Diesen Weg wäre alles weiter gegangen. Aber da saß einige Häuser entfernt Link, gequält, sich beschuldigend, eine krankhafte unglückliche Natur, manchmal sich mit Schnaps und Bier beruhigend, und verlangte nur nach seiner Frau. Er wurde jetzt schon so dringlich, daß er das Briefschreiben ließ, die Eisenbahn besteigen und selbst nach Braunschweig zu ihren Eltern reisen mußte. Er konnte nicht von ihr lassen. Er war im Sturz, ganz zügellos. Wie er die Frau schlug, trank bis er betrunken war, die Sachen zerriß, Stühle zerbrach, so mußte er die Briefe schreiben, zur Bahn fahren. Es war kein Drang, etwas zu bessern, sich zu ändern, sondern ein trübes, fesselloses Nachgeben. Ein knirschendes Getriebensein.

Die Familie in Braunschweig empfing ihn nicht freundlich. Die Briefe der Elli hatten verstimmt, die Mutter war unsicher. Der Vater hielt zuletzt an seinem alten patriarchalischen Standpunkt: die Frau gehört zum Mann. Er gab dem Link die Adresse Ellis. Und als auf die flehentlichen, fast unterwürfigen Briefe kalte ablehnende Antworten kamen, fuhr der Vater selbst mit Link nach Berlin.

Der Ring um Elli und Link sollte geschlossen werden. Der Vater und Link selbst, die beiden Männer schlossen ihn. Es war nur die Frage, wer von beiden überleben würde, Elli oder Link.

Elli hatte von sich aus, auch getrieben durch die Bende, den Loslösungsprozeß eingeleitet. Aber wie sie allein in ihrem Zimmer oder mit der Bende saß, tauchten schon andere Gedanken in ihr auf. Und verstärkten sich, als das Drängen der Familie begann und zuletzt Link mit dem Vater ankam. Der fürchterliche Link, der Zwang, den er auf sie ausübte, seine Vergewaltigungen, die

Wutsphäre um ihn, stießen sie ab, aber nun fing die liebesdurstige Bende sie ein. Und manches fehlte auch sonst. Sie fand, die Bende konnte ihr doch nicht so viel bieten wie ihr Mann. Bieten, das heißt auch häuslichen Rahmen, gesellschaftliche Würde, von dem Finanziellen und dem Normal-Geschlechtlichen, dem sie sich doch schon angepaßt hatte, abgesehen. Sie war aus dem Regen in die Traufe gekommen. So hatte sie es auch nicht gemeint. Solche Bindung, solche Hingabe an die Bende: das wollte sie auch nicht. Immer pochte in ihr die Scham und das Schuldgefühl wegen dieses Verhältnisses. Das wurde ganz stark, als der Vater ankam.

Locker in der Welt herumflattern, eine nicht zu feste Ehe führen, in jedem Fall mit Vater und Mutter zusammenhängen: das waren ihre dringendsten Bedürfnisse. Sie war, obwohl sie sich schon jung ganz frei bewegte, nie ganz aus dem Elternhause gekommen, war immer Tochter geblieben. Und auch ihre Lustigkeit war ganz die einer Haustochter, die das Geschlechtliche ablehnt, ja fürchtet.

Mit dem Vater kam Link. Sie hatte gewußt, daß er nach ihr fahnden würde, und daß er sich strecken würde, um sie zu finden. Er war ein roher Schuft, die Bende hatte schon Recht. Es war ihr eine Freude, ihn vor dem Vater herunterzureißen. Sie sprach bei diesen Auseinandersetzungen ganz im Tone der Haustochter; sie war die Tochter dieses Mannes. Der einfache Mann aus Braunschweig hatte schweren Stand vor ihr. Link war weich, gab seine Schuld zu. Sie blieb dabei, ihm im Triumph, auch ihren Haß und ihre Rachsucht entladend, mit Vorwürfen wegen seiner Rohheiten und Schlechtigkeiten zu überschütten. Sie war ganz eine Seele mit dem Vater.

Es war nicht lange her, da war sie zum Rechtsanwalt gelaufen zu der Scheidungsklage. Jetzt bog sie um. Der Vater blieb dabei: die Frau gehört zum Mann. Die Begegnung mit dem Vater war ihr wieder ein Erlebnis; das war ihre Familie, ihr Boden; sie beugte sich herunter zu diesem Quell. Sie hatte den größten Teil ihrer frischen Spannung abreagiert. Sie wollte und mußte ihrem

Vater folgsam sein. Sie mußte es. Jetzt besonders hing sie innig mit ihm zusammen. Er war es, der sie mit Link zusammengab. Link erhielt ein anderes Gesicht. Jetzt erschien auch in schärferem, sehr unangenehmem Licht ihre Verbindung mit der Bende. Und sie schämte sich, ihren Vater hörend und ihn betrachtend, ihrer eigenen männlichen hassenden Wildheit. Link war zahm; die Eltern kümmerten sich um sie: es könnte alles gut werden, es würde alles gut werden.

Der Vater reiste ab. Sie sagte ihm zu, zu Link zurückzukehren. In ihr war noch, und besonders nach seiner Abreise, eine gewisse Unruhe und ein Rest von wachem Zweifel. Es war etwas Unbefriedigendes in dem Entschluß zurückzukehren. Sie fühlte, nachgebend, das Schwierige in sich; ihre Besorgnis, die Angst, das Widerstreben entlud sich in Streitszenen. Sie gab noch zwei Tage das Zimmer bei Frau D. nicht auf. Zwei Tage war sie noch unschlüssig, hin und hergezogen. Es erleichterte sie, als der Mann am dritten Tage außer sich geriet und sie bedrohte. Dann kehrte sie in ihre gemeinsame Wohnung zurück. Sie folgte. Der Vater und der Mann hatten sie bestimmt. Sonderbar wenig schämte sie sich vor der Bende; sonderbar war ihr Gefühl für die Freundin in den letzten Tagen zusammengeschrumpft.

*

Wie Link sie hatte, war ihm wieder wohl. Es hatte ihn wieder losgelassen oder er war gesättigt. Er konnte beruhigt sein. Konnte schlafen, arbeiten, lachen, sich mit ihr freuen. Was hatte er für eine gute Frau! Und sie sah ihn an. Sie war übermütig. Arm in Arm gingen sie. An die Bende dachte Elli wenig. Sie dachte, die laufen zu lassen. Es waren Tage fast noch schöner als bei der Verlobung. Zehn Tage. Es war eine willentliche Verdunklung, fast ein Traumzustand, in den beide versunken waren, den sie sich zum Teil vorspielten und der nicht lange zu halten war.

An Kleinigkeiten wurden sie wach und erkannten sich. Mit der Wiederkehr eines Tonfalls fing es an, mit Verstimmungen, kleinen Streitigkeiten. Dann rutschten beide ab. Es lief den schon gebahnten Weg.

Sie waren beide wieder auf die Erde gestürzt. So kam es ihnen vor; sie hatten sich garnicht erhoben, nur vergessen. Und wie gestürzt. Was war alles zerschmettert. Mit der Wut der Enttäuschung, im schrecklichsten Zorn stand sie da, dachte mit Grimm an den Vater, – aber es war nicht der Vater, an den sie jetzt dachte. Und jetzt eben erst war sie geflohen, dieser Link holte sie zurück, die Ehescheidung war schon eingeleitet: und dazu brachte er sie zurück. Auch er war ergrimmt, sah nicht, daß er nicht den Willen zur Versöhnung gehabt hatte und sie nicht. Er war entschlossen, ihr jetzt nichts auszulassen. Nachdem er ihr nachgelaufen war, nachdem er sie mit Gewalt hatte zurückholen müssen, sollte sie es bezahlen.

Link kam es vor, als ob er seine Freiheit wieder hatte. So zerrüttet war er. Es kam aber auch ihr vor, als wenn sie sich ganz wieder hatte. Er ließ sich vollkommen los. Und auf die Frau los. Das Trinken gab ihm Mut, starke Impulse. Der furchtbare demolierende Geist, der in ihm hauste, der enttäuschte zurückgestoßene, trieb ihn immer von neuem zu Bier und Schnaps. Damit lockerte er alle Bremsen in sich. Die Frau mußte er unterkriegen, sie fühlen lassen, wer er war. Immer mehr, immer tiefer mußte er sie unterkriegen. Er hänselte sie wie ein Insekt. Das Essen schüttete er in ihr Bett. Nach Gummiknüppeln, Boxschlägen, Spazierstöcken griff er. Er tat es nicht aus Freude. Es war ein unglücklicher Mann. Er tat es schon zwangsartig, in blindem Zerstörungsdrang, mit einer bitteren Verzweiflung und unter Selbstquälereien. Oft hob er sich nach diesen Zuständen, in denen er sich ausraste, aus seiner wilden barbarischen Verfinsterung und wurde müder und gelassen, wenn er sie geschlagen und beschimpft hatte, die Garderobe, Wäschekissen zerrissen. Meist aber war es ein fruchtloses Ringen in ihm selbst. Ein dumpfes Drängen nach Entladung. Mit dem Dolch ging er oft auf sie los. Und dann, wenn sie sich von ihm losgemacht hatte, – sie bettelte, schlug mit Händen und Füßen, er wollte sie einmal nachts nackend aus dem Fenster werfen, – dann lief er noch eine Zeit tobend herum, ging hinaus und nicht lange darauf hörte sie es röcheln: da hing er an der Stubentür an einem Strick, oder an der Klosettür, war schon blau. Sie schnitt ihn ab, mußte ihn entsetzt, mit Widerwillen und Ekel hinlegen.

Immer deutlicher drängte sich um diese Zeit in das Leben und durch das Leben dieses Mannes das Schicksal seines Vaters, der mit Erhängen geendet hatte. Je mehr er verfiel, um so mehr wurde er Beute, Darstellungsmittel dieses alten Schicksals. Er war um diese Zeit auch ohne Zutun der Frau auf dem Weg des Todes. Seine Zerrüttung war enorm. Die Zeichen epileptischer Entartung traten hervor.

Sein geschlechtlicher Drang war gesteigert. Er suchte häufiger und intensiver sich und die Frau zu erniedrigen. Er lockte sie wieder und trieb sie in die finstere Haßsphäre. Erregte in ihr diese Triebe, die sich dann furchtbar gegen ihn selbst richten sollten. Es war im Grunde sein eigener Haßtrieb, der ihn später umbrachte. Er mußte in ihrem Leib wühlen, Sinnlichkeit aus jeder Hautfalte herausfühlen. Er hatte den Drang, sie unbildlich, fast körperlich zu verschlingen. Es war kein bloßes Wort, wenn er ihr in der wilden Verschlingung sagte: er müsse ihren Kot haben, er müsse ihn essen, verschlucken. Das kam in der Trunkenheit vor, aber auch ohne den Alkohol. Es war einmal Selbstpeitschung, Unterwerfung, Kasteiung, Buße für die eigene Minderwertigkeit und Schlechtigkeit. Es war auch ein Heilungsversuch dieses Minderwertigkeitsgefühls: durch Beseitigung des Mehrwertigen. Unabhängig davon die wilde Lust, Mordwut, in bestialische Zärtlichkeit gehüllt.

Sie wuchs rasch in der brutalen Haßsphäre, die er erzeugte, mit ihm zusammen. Sie wehrte sich äußerlich noch immer, suchte es von sich abzuschieben: ob er sich nicht seiner Zumutungen schäme. Darauf er zynisch: »Wozu bist du meine Frau? Dann hättest du keinen Kuli heiraten sollen.« Sie zog sich dann in sich zurück, versteckte sich. Ihn aber hatte sie mit in sich eingezogen.

Was sollte geschehen? Was sollte nun geschehen? Sie hatte öfter den Mann gebeten, sie wollte ein Kind haben. Er hatte geantwortet, wenn eins käme, das würde er gleich auf Eis legen, oder ihm eine Nadel in den Schädel stecken. Sie war allein. Überwand ihre Scham gegen die Bende wegen der Rückkehr, warf sich wieder an die Frau. Es war ihr am Anfang nicht wohl dabei. Aber sie brauchte die Freundin, um zu sprechen, sich Luft zu machen, und sie wußte nicht, wozu noch. Es arbeitete gewaltig in ihr. So gewaltig, daß sie oft wirr war, nicht wußte, wo sie saß, was sie machte. Das war die verwirrende Wut, daß sie Link wieder gefolgt war, daß er sein Wort, das er ihr und dem Vater gegeben hatte, Frieden zu halten, gebrochen hatte. Der bodenlose, sie ganz umwühlende Haß auf den Mann, der die Autorität des Vaters benutzt hatte, gemißbraucht hatte und ihr in Streitigkeiten höhnend entgegenhielt: jetzt entkommst du mir nicht wieder. Es wurmte, sagte sie später, unaufhörlich in ihrem Gehirn; sie kam nicht dagegen an. Die Haßsphäre überwältigte sie, sog alle Energie in ihr auf. Um sie zu strafen für Vergeßlichkeit, Zänkerei, geschlechtliche Zurückweisung, entzog er ihr das Kostgeld, duldete nicht, daß sie selbst arbeiten ging, meinte, sie könne seinetwegen bei Männern sich Geld verdienen.

*

Grete Bende hatte sich, als zuletzt Link zu Elli ging bei der Frau D., wegen Elli geängstigt. Es war ihr am Tag darauf bitter, zu erfahren, daß Elli schon wieder zu Hause war und daß vielleicht um dieselbe Stunde, wo sie sich ängstigte, Elli in den Armen Links lag. In der Woche darauf sahen sie sich nicht viel; Elli wich der Freundin aus. Und als sie sich auf der Straße trafen, ließ Elli nach kurzem verlegenen Gespräch die Freundin stehen, die sich gleich vor ihr geliebtes Papier setzte, klagend, wie wehe sie ihr doch eben getan hätte, »wo du nur allein weißt, daß ich an dir hänge, wie eine Klette am Kleide. Warum läßt du es mir so sehr fühlen, wenn du dir mit Link gut stehst. Könnte immer losweinen, als ich dich, mein Lieb, wieder habe gesehen, wie du mit dem zusammen dort munter gingst.« Der Gram der Bende dauerte nicht lange. Sie nahm Elli als reuige Sünderin wieder an. Sie war pikiert: wie Elli ihr dies hätte antun können. Aber ihre Leidenschaft war zu heftig.

Elli war verzweifelt, durcheinander, niedergebrochen. Und wie sie nach der Freundin griff, wußte sie nur eins: sie brauchte sie, sie wollte sie haben, sie mußte sie jetzt haben. Sie dachte verzweifelt nur: sie mußte den Mann bestrafen, die Kränkung, die Schande, die er ihr und dem Vater angetan hatte, abtun. Es mußte ein Ende mit Link sein. Er hatte ihr wilde Gefühle eingeimpft. Sie liebte plötzlich ihre Freundin aufs Leidenschaftlichste. So daß die sich selbst wunderte. Sie liebte die Bende wie ein Flüchtiger sein Versteck oder seine Waffe. Sie stürzte sich zornwütig, drohend in jene Liebe. Zugleich hängte sie sich an ihre Freundin, um sich vor dem äußersten zu bewahren, denn sie ahnte schon, was ihr die Rachsucht eingab, und sie wollte sich jetzt mit der heftigsten Liebe einhüllen, blind und taub machen. Schon brachte Elli das geheimnisvolle verdunkelnde Wort heraus, das sie später unaufhörlich wiederholte: sie wollte der Freundin ihre Liebe beweisen.

Was jetzt in Elli an Liebesleidenschaft zur Bende erwachte, war kein starker, schlummernder Trieb, sondern diese besonderen Umstände erzeugten und schufen die Leidenschaft. Sie trieben etwas verkümmert in ihr Liegendes auf, einen alten Mechanismus, der erledigt war. Wie Ertrinkende bei einer Schiffskatastrophe zu ungeheuerlichen Handlungen kommen, die man nur sehr schwer ihre, für sie charakteristische nennen kann. – Was jetzt in Elli aufkam, beherrschte sie schrecklich eine ganze Zeit lang und sie konnte ihm nicht ausweichen. Es war der furchtbare Mann, den sie in sich aufgenommen hatte und den sie so wieder ausstoßen mußte.

Die beiden Frauen heizten ihre Liebesgefühle durch immer neuen Haß auf die Männer, – genauer nur auf Link, denn die Bende lief mit ihrem Haß auf ihren Mann nur nach, paradierte mit ihm. Mit diesen Haßgedanken suchten sie zu rechtfertigen und zu verschleiern die verpönte Besonderheit ihrer Liebe, die sie selbst sogar für verbrecherisch und strafbar hielten. Und Elli fand in diesen Gesprächen, Umarmungen, Berührungen eine besondere Sicherheit und Festigung. Es war ganz ihre Meinung, was die Bende einmal schrieb: »Es ist wahrlich ein Trauerspiel, daß wir solche Kerls auf dem Halse haben und wir uns solchen Zwang antun müssen.« Es war Ruhe und Sicherheit in einer besonderen Seelenzone, in einer Zone, in die sie sich verbannte, um sich mit dem Mann auseinanderzusetzen. Es war eine ihr angemessene Zone: gefährliche Rachegedanken arbeiteten in ihr, Heimliches, Strafbares wollte sie tun. Sich der Bende in die Arme werfen, war schon der erste entscheidende Schritt auf ein verbotenes Gebiet.

Es tauchte zuerst in Elli die Idee auf: er muß aufs Krankenbett, damit er sieht, was eine Frau wert ist. Das war schon ein glatter Todeswunsch, aber sie verhüllte ihn sich: bewußt wollte sie den Link noch nicht beseitigen. Bewußt dachte sie: wie ändere ich ihn, wie bessere ich ihn. Die beiden Frauen waren jetzt sehr getrieben. Die Männer hielten sie auseinander, Link zeigte sich in voller Rohheit. Man wußte nicht, was man tun sollte. Man lief zu Wahrsagerinnen, die die üblichen dunklen Andeutungen über die Zukunft machten. Der Scheidungsplan wurde von Elli erwogen, dann wieder fallen gelassen. Warum wurde er fallen gelassen? Eine andere Lösung war schon in Ellis Seele vorbereitet; sie sagte: sie zweifle, ob man sie scheiden würde. In ihren Briefen schämte sie sich jetzt oft, daß sie zu Link zurückgekehrt ist und ihrer Freundin solchen Schmerz bereitet hat: »Aber nur du, nur du sollst es erleben, das will ich dir zeigen, daß ich alles opfern werde, und wenn es mein Leben kostet.«

*

Die klare, ja nüchterne Elli geriet in diesen Wochen mit der Freundin in eine sonderbare phantastische romantische Erhobenheit. Es war etwas Ähnliches, aber außerordentlich gesteigert wie das, was sie zwei Wochen mit Link verbunden hatte: ein traumartiger, jetzt rauschartiger Zustand. Es trat eine Verschiebung ihrer ganzen seelischen Perspektiven ein; ihr inneres Timbre veränderte sich. Das war die Wirkung der beiden faszinierenden Kräfte in ihr: des unbezwinglichen Haßgedankens auf Link, dieses Gedankens, den sie ausstoßen wollte, und der Liebesleidenschaft zu der Freundin. Besonders diese Leidenschaft trieb Elli heroisch auf, drängte sie zu Männlichkeit und Heroismus; immer wieder das Wort »ich beweise dir meine Liebe«. Diese beiden überstarken, verkoppelten Gefühle strömten eine Faszination über ihre Seele aus. Unter diese Faszination geriet sie, sie kam lange nicht mehr heraus. Sie war oft in Entzücken, und in diesem Entzücken fand sie, daß sie nur für die Bende lebe: »Laß es kosten, was es wolle, nur glücklich sein und in Liebe aufgehen.« Sie wies die Bende zurück, als die sagte, sie sei schuldig: »Nein ich gebe dir keine Schuld.« Und daneben kam immer das andere heraus: »Rache will ich üben und weiter nichts.« An wem wollte sie Rache üben, wen wollte sie bestrafen, warum nahm dieser Trieb so phantastische Formen an? Es war schon nicht mehr dieser besondere Mann, diese reale Person Link, den sie angriff.

Zuerst war die Haßsphäre in ihr, die er erzeugt hatte, etwas in ihr, das die stärksten Kräfte ihrer Seele an sich zog: das dehnte sich selbständig aus, wuchs, suchte Objekte. Gegen die Haßsphäre, diese in sie gehämmerte fremde Gewalt, stellte sich ihr eigenes, altes, seelisches Grundgefühl auf. Sie war in einer inneren Gleichgewichtslage gewesen, die sich nicht leicht hergestellt hatte. Aus dieser Gleichgewichtslage war sie geraten durch den Haß. Das feine Spiel der statischen Kräfte war gestört; der Mechanismus mühte sich wieder, sich einzustellen, verlangte Rückkehr zum alten sicheren Zustand. Sie mußte die übergewichtige neue Last von sich abstoßen, einer gleichmäßigen Verteilung der inneren Kräfte zustreben. Und um so mehr drängte sie dazu, als diese Haßsphäre ihr inhaltlich fremd, böse, gefährlich, angsterregend war, als sie ihre innere Reinheit, ihre Freiheit, Jungfräulichkeit zerstören wollte. Denn Elli war und blieb immer in einem gewissen Sinne jungfräulich. Sie war in einem Reinigungsprozeß begriffen; um einen eingedrungenen Infektionsstoff sammelten sich die Eitermassen an. Es war schon der unterirdische Wille zu einer Tat in ihr gediehen. Die Faszination, den Traumzustand konnte er brauchen, den benötigte er. Dieses Klima mußte er sich schaffen. Und Elli, schon lange führungslos, ließ es geschehen, ja drängte hinein. Es war für sie eine Entrückung, ein Schlaf, in den sie flüchtete.

Das Schwerste aber waren ihr nicht diese Dinge um Link. Es war ihr innerer Zwiespalt, Frau Bende. Auch die Bende war nicht gut. Ja, Link und die Bende, fühlte Elli dunkel, gehörten zusammen. Die Bende drängte und warb auch um sie, wie Link geworben hatte; beides enttäuschte Schwankende, Liebesdurstige. Sie beseitigte gewaltsam, fast todesmutig den Zwiespalt, der in ihr entstanden war. Sie wollte beide nicht, wie sie waren. Verzweifelt schlug sie sich auf die lockende Seite, der sie schon selbst widerstrebte.

Elli war in eine furchtbare Krise geraten. Sie war von ihrem Schicksal angegriffen wie ihr Mann. Sie war selbst in Lebensgefahr. Nach einer rasenden Szene mit Link dachte sie daran, durchzubrennen, oder sich selbst zu vergiften, ihm vorher Lysol zu geben.

*

Was war der Grund für die Wahl des Giftmordes statt eines raschen Totschlags? Der Haß in Elli war enorm; sie mußte sich zurückziehen, um sich zu behaupten. Es war nicht nur Schwäche und Feigheit, die sie die weibliche Methode des Mordes wählen ließ. Link machte öfter Selbstmordversuche durch Erhängen. Wie war es schon merkwürdig, daß sie ihn immer wieder abschnitt. Sie stand entsetzt davor; mußte ihn abschneiden und hinlegen; er konnte sein elendes Leben weiterführen. Es waren die Instinkte, die auch noch in dem Rauschzustand wirkten, die sie an den Eltern hielten, die bei der Wahl der Mordart mitwirkten. Sie wollte töten, um Link von sich abzulösen und dann zu den Eltern zurückzukehren. Die Beseitigung des Mannes mußte unbemerkt bleiben. Der Giftmord lag im Zuge ihrer Rückwärtsbewegung auf die kindlichen und Familiengefühle. Da war noch die Haßverhakung mit dem Mann. Er hatte sie gereizt, sich mit ihm im Haß zu verbinden; und dieser Haß war auf Töten aus, aber nicht auf den Tod. Sie töteten sich schon immer; sie wollte ihn behalten, um ihn länger töten zu können. Sie hing weiter an ihm, wenn sie ihn langsam vergiftete. Leise wirkte mit der Gedanke, der ehrlich gefühlte Gedanke, er wird sich bessern. Das war der häufige unterirdische, unentschlossene Gedanke, den sie vor der Bende verheimlichte: ich will ihn überhaupt nicht töten, ich will ihn nur bestrafen; er wird sich bessern. Über die sadistische Liebe hinaus war Neigung zu Link in ihr, die aus ihrem Familiensinn floß: es war ja ihr Mann. Und sie durchschaute, als sie zu Grete schwieg, bei aller Leidenschaft bitter und verächtlich auch drüben Gretes Verhakung mit dem Bende.

Sie erschien oft ganz abwesend und verändert vor der Freundin, mußte sich entschuldigen, daß sie immer gegrübelt habe, wie sie etwas bekomme. Die Angst, daß sie »nichts bekomme« und wie sie etwas bekomme, machte sie krank. – Und dann das Verwirrte, Verzückte: »Du mein Lieb, sollst es erleben, daß ich um dich kämpfe und ich werde es schaffen. So habe ich doch niemals Ruhe auf der Welt. Aber ich werde ihm Ruhe verschaffen.«

Es sollte Rattengift sein. Sie schrieb später: für zweibeinige Ratten. Das war das Unauffälligste, das konnte man vielleicht besorgen.

Die Freundin hatte diese Entwicklung miterlebt, hingerissen. Manchmal mit Angst, aber immer unter Liebesschauern und selig sah sie die Freundin so gehen. Ihre Ehe war um diese Zeit nicht schlecht; sie beachtete ihren Mann nicht sehr, war viel zu sehr absorbiert durch die Dinge Ellis. Sie hörte glückselig die Beteuerungen der Link an. Daß dieser Mensch wegkommen sollte, der Schuft, der ihr die Freundin beinahe wieder entrissen hatte, war ihr Recht. Aber sie beschwor sie, recht vorsichtig zu sein, damit sie nicht unschuldig jahrelang leiden müsse. »Mama und ich verlassen dich nie und nimmer.« Von jetzt ab nahm auch Elli wenig Kenntnis mehr von der Rohheit ihres Mannes; die Faszination bewirkte eine Unempfindlichkeit für äußere Reize; es drang nichts mehr durch. Dies war für sie erledigt. Sie blickte immer auf ihren Stern, das war der Mord, jetzt schon sicher der Mord.

Die Link ging zu dem Drogisten W. Bat ihn um Gift gegen die Ratten in ihrer Wohnung. Er verkaufte ihr Rattenkuchen. Nach einiger Zeit kam sie wieder, drängte, ihr doch ein stärkeres Gift zu geben. Der Kuchen habe nicht gewirkt. Er verkaufte ihr sehr leichtsinnig für zwei Mark Gift, 10–15 Gramm Arsen. Der Entschluß, Link zu beseitigen, war fest in Elli; es war ein Kind ihrer Seele und ganz geboren. Jetzt hatte sie den Entschluß durch die Furchtbarkeit der Ausführung zu tragen. Sie machte sich im Beginn davon keine Vorstellung.

Es waren die Monate Februar-März 22. Der Anfang ging leicht. Sie hatte es vielleicht provoziert, vielleicht auch einfach kommen lassen: er torkelte abends betrunken nach Hause, warf ihr das Essen an den Kopf, stieß sie über das Bett, verlangte Quetschkartoffeln. Darin bekam er die erste Giftdose. Nach drei Tagen eine zweite. Der Mann wurde krank; Magen- und Darmerscheinungen traten auf. Er lag acht Tage, ging dann wieder zur Arbeit. Dann wurde es schwerer und schwerer. Die Vergiftung befiel den ganzen Organismus. Sie sah, wie er vergeblich zu schwitzen versuchte, aber »das Zeug saß fest«. Es schien alles gut zu verlaufen, er kam nicht richtig auf die Beine, sie wollte nicht locker lassen. Aber es kamen andere Dinge. Langsam mußte sie durch den Schleier ihrer Faszination die Tat sehen. Einmal, wie er sich besser fühlte, war er nicht nach Hause gekommen; sie fürchtete, er sei zusammengebrochen, ein Arzt habe ihm den Magen ausgepumpt und das Gift festgestellt. Trübe, erregende Worte hörte sie von Seiten der Freundin: ein Mensch solle aufplatzen von Gift. Sie glaubte es und fürchtete sich. Und öfter wußte sie selbst nicht, wie ihr war: sie hatte eine schreckliche Unruhe in sich, konnte laufen, soweit sie die Beine trugen. Sie fragte die Bende, ob das das böse Gewissen war.

Die Freundin sah, wie es um Elli stand. Wenn sie doch dem Mann gleich das ganze Gift gegeben hätte, daß alles zu Ende wäre. Und dann die ungeheure Furcht vor der Entdeckung. »Bloß mein einziges Lieb, sei du auch sehr vorsichtig, daß es nachher nicht ans Tageslicht kommt. Denn das sind die Schufte nicht wert.«

Und als der Ehemann Bende hörte, daß Link krank war, meinte er leichthin: »Na, wenn ihm die Link nur nichts gegeben hat. Gerühmt hat sie sich ja, sie würde sich an ihm rächen.« Die Frau: »Dann würde der Arzt doch nicht Grippe festgestellt haben, die auf die Lunge geschlagen ist.« Und eine Nachbarin, eine Frau N. äußerte zur Mutter der Bende: sie denke, es sei mit der Krankheit Links nicht richtig; Frau Link habe da bestimmt was gemacht.

In größter Unruhe, völliger Zerfahrenheit Frau Link. Sie war matt, pflegte den Mann. Sie baute auf, sie baute ab. Wie er saß, lag und nicht verging. Er war ihr in einer ganz neuen Weise zuwider, ja schrecklich. Der vergiftete Mensch. Sie sah, was sie tat; er war ihr ein Grauen, eine körperliche Anklage. Sie pflegte ihn, war oft furchtbar gezwungen, ihm besonders gut zu sein. Die Aufgabe, die sie sich gestellt hatte, war entsetzlich. Sie erlahmte, als er sich wieder einmal erholte. Sie wollte bis zum Frühjahr warten.

Das scharfe, überscharfe Auge der Freundin sah manches davon. Ob nicht Elli vielleicht verliebt in ihren Mann sei. Nein, nein, gab die wieder, sehr gequält. Was wolle sie nur, sie täte es ja nur der Freundin wegen. Sie mußte sich verteidigen wegen ihrer Besorgnisse um Link; wenn die so groß wären, dann »brauchte sie ihm doch das Zeug nicht zu geben«. Die Bende riß in den Gesprächen mit der Link sehr den Mund auf. In ihrer Gefühlsschwelgerei war es ihr herausgefahren: sie werde auch ihren Mann vergiften. Sie, die mit ihrem Mann oft erträglich lebte und immer an ihm hing und um seine Liebe rang. Sie meinte es nicht ernst und ehrlich mit dem Vergiften. Die Link gab ihr etwas Arsen ab. Sie warf es draußen entsetzt weg, gab der Freundin eine klägliche Erklärung: der Mann würde zu Hause nichts mehr essen, wenn er es merkte, und dann würde sie auch nichts von der »Viktoria« bekommen, wenn es herauskäme. Wetteifernd mit Elli und um sie zu belohnen, log sie auch einmal, es wäre ihr heute aber beinahe ganz schlecht gegangen. Sie hätte versucht, ihrem Mann Salzsäure zu geben, er hätte es bemerkt, hätte sie gezwungen, selbst davon zu essen und nun sei ihr so schlecht. Elli glaubte es. Noch anderes, was die Bende in dieser Zeit sagte und tat, war nichts als schwärmerische Nachäfferei der Freundin. Sie redete von dem Zwang, den sie sich zu Hause anlege, sie empfinde gar nichts für ihren Mann. Aber es sei doch besser, wenn man gegen Bende noch nichts täte; sonst wäre es sonderbar für die anderen, wenn die beiden Kerls zusammen weg seien.

*

Elli sah das schreckliche Bild des kranken Mannes, wie er im Fieber die Stube auf und ab ging, die Wände vor Schmerzen hoch kroch. Grausam litt sie darunter. Sie mußte in die Briefe flüchten, sich bestärken: ich lasse nicht locker, er soll büßen und wenn ich schließlich selbst noch daran glauben soll. Von Zeit zu Zeit brach in ihr eine ganz viehische Unbekümmertheit aus; nach dem Übermaß ließ plötzlich alle Spannung nach. Sie brachte ihm dann gleichgültig die Suppe mit Krankenmehl »und besorgte es ihm« dabei. Und es machte ihr geradezu Spaß, wie sie es trieb: vor den Augen so und hinter dem Rücken schüttete sie das Gift in das Essen: »Wenn das Schwein doch nur bald krepierte. Das Schwein ist ja so zähe. Heute habe ich ihm Tropfen gegeben, aber ordentlich. Da hatte er auf einmal solch Herzklopfen und sollte ihm Umschläge machen. Hab ihn aber gar nicht aufs Herz gelegt, sondern unter den Arm, was er nicht merkte.«

Das waren nicht häufige Momente zynischer Entspannung. An manchen Tagen wußte sie sich nicht zu halten vor Schuldgefühl und innerer Qual. Da lag sie vor ihm und bat ihn, doch bei ihr zu bleiben, sie wollte ihn pflegen. Da war sie wieder die Ehefrau, das

Kind aus der Braunschweiger Familie, und er der Mann, den der Vater ihr gegeben hatte. Die Furcht vor Strafe: »Wenn Link erfährt, daß er vergiftet ist, bin ich ohne Gnade und Barmherzigkeit verloren.«

Welches Schwanken in den Worten und Briefen, die sie um diese Zeit mit der Bende tauschte. Sie, die aktive männliche, phantasierte sich fast in die Rolle einer Hörigen der Bende hinein. Mitten in den schrecklichen Meldungen von Links Zustand schrieb sie: »Wenn ich es mit Link geschafft habe, dann werde ich dir wohl genug bewiesen haben, daß ich nur um deinetwillen, mein Lieb, es durchgesetzt habe.« Einmal unter dem Geraune und Gerede und falschen Befürchtungen nahm die Link den Rest des Giftes und warf es in das Klosett und dann stand sie ratlos da. Der Entschluß, Link zu beseitigen, drängte, vergewaltigte sie. Sie zergrübelte sich den Kopf, was sie anfangen sollte. »Grete versuch doch mal, ob du etwas bekommst. Ich könnte mir alle Haare ausreißen. Warum mußte ich doch so töricht sein? Nun ist alles Essig. Gretchen, verschaff mir bitte, bitte, etwas. Ich glaube kaum, daß ich mal richtig von ihm frei komme und ich muß, ich will ihn los sein. Denn ich hasse ihn zu sehr.« Und die Frauen saßen zusammen, weinten; sie hatten sich zu Schweres übernommen. Die mißtrauische Bende fühlte heimliche Vorwürfe aus der Art ihrer Freundin: ihr war weh ums Herz, wie sie einmal schrieb, sie fühlte ihre Schuld und fürchtete für ihre Liebe.

Elli ging noch einmal zu dem Drogisten. Bekam das Gift wieder. Das Opfer lag inzwischen zu Hause herum oder lief zu Ärzten. Sie stellten Grippe fest. Seine Wutausbrüche ließen nach. Aber der finstere, mürrische Mensch blieb er. Die Verstimmung über seinen kläglichen Zustand entlud er von Zeit zu Zeit an der Frau. Er war ein Arbeitstier. Wenn er nur heraus könnte, arbeiten könnte. Manchmal, wenn er Elli ansah, empfand er Reue. Sie saß neben ihm und weinte; er wußte nicht warum. Keine Aufhellung seiner Seele, keine Erwärmung bis zuletzt. Die Vergiftung ergriff den Magen und Darm, machte schwere katarrhalische Entzündungen. Erbrechen, choleraartige Durchfälle traten besonders nach den großen Dosen auf. Sehr blaß und grau wurde er, der Kopfschmerz, die Neuralgien, Schwäche im ganzen Körper. Bisweilen Herzanfälle, ohnmachtsartige Zustände, Delirien.

Die schrecklichen Tage Ende März vor seinem Ende verbrachten die beiden Freundinnen in größter Anspannung. Die Bende war die ruhigere trotz ihrer Furchtsamkeit: sie war fern vom Schuß und vor allem, sie fühlte immer selig, daß hier etwas für sie geschah. Sie schwatzten beide noch phrasenhaft, es solle bald niemand mehr ihr Glück zerstören. Dabei waren sie oft in fieberhafter Angst. Immer wieder sprach die Bende der Freundin Ruhe zu, warnte sie, nur bei einer eventuellen Vernehmung später keine Reue zu verspüren und es einzugestehen. Sie erschrak einmal freudig, als die Link morgens früh zu ihr kam; dachte schon, sie brächte eine bestimmte Nachricht.

In der Seele Ellis war für Link selten eine Empfindung. Sie war nun beherrscht von dem Gedanken: es muß ein Ende damit sein. Sie hatte noch manchmal Haß auf den Mann, weil dieser Zustand zu lange dauerte. Oft auflebend, oft von ihr gerufen die betäubende süße Faszination, das sehr hilfreiche Gefühl: ich tue es für meine Freundin, ich beweise ihr meine Liebe, nachdem ich ihr solchen Schmerz mit meiner Rückkehr bereitet habe. Sie hatte sich damals fast mit Gewalt, wie nie vorher, in diese Liebe gestürzt. Aber leise und manchmal trat jetzt die Liebe zurück vor der Neigung mit allem ein Ende zu machen. Mit dem Nachlaß des Hasses auf Link sank auch die Liebesempfindung. Ein Zurück aber gab es nicht. Sie hegte Todesgedanken gegen sich selbst. In die Form gehüllt, sie würde sich einer Bestrafung entziehen, sprach sie verschleiert davon: »Kommt es an den Tag und ich müßte büßen, so machte ich sofort Schluß mit mir.« Und ein andermal: »Wenn es an den Tag kommt, was mir gleich ist, dann sind meine Tage gezählt wie seine.«

*

Gegen Ende März 22 ging wieder das Gift aus und da konnten beide, die Link und die Bende, das Leiden, die Angst, das Hangen und Bangen nicht mehr ertragen. Die Bende willigte ein, daß die Frau den Mann ins Krankenhaus schaffte. Die Energie Ellis war gebrochen. Sie schrieb der Freundin, schwach und dankbar: ja, sie werde es tun; und wenn sie zum zweiten Mal heirate, so werde sie ihre Freundin heiraten.

An dem Tage, an dem Link in das Lichtenberger Krankenhaus gebracht wurde, am 1. April 22, starb er, 30 Jahre alt.

Der Frau war ein Stein vom Herzen gefallen. Sie dachte nicht eigentlich an Link. Sie tat nach außen vergrämt, aber war ganz glücklich, erlöst. Worüber? Daß sie nicht mehr töten brauchte, daß sie sich selbst wieder hatte, daß ihr eigenes Kranksein jetzt zu Ende ging. Das Pendel ihrer Seele mußte sich jetzt, hoffte sie, wieder einstellen. Ja, was war alles geschehen? Sie empfand nur unklar, daß eine Fülle von Schrecklichem jetzt gewichen war. Keine Rohheit gegen den toten Mann war in ihrem Gefühl, weil kaum ein Gedanke an ihn. Ja, sie konnte jetzt in manchen Augenblicken, wo sie an ihn dachte, wehmütig sein. Einen Brief schrieb sie in diesen Tagen an ihre Eltern: Link sei besser geworden; er habe zuletzt sein Versprechen gehalten. Sie konnte vor sich und vor anderen nur gut von ihm sprechen. Ihr war ein Glück geschehen; sie kam in ihr altes, reinliches, glattes Milieu. Nach der ängstlichen Gespanntheit der letzten Wochen kam ein freudiger Überschwang. Es war ein Durcheinander; sie sah nichts ab.

Gegen die Bende hielt sie wie immer einige Gefühle zurück und war nur Freude. Sie dachte schon an eine weitere Zukunft: wollte vorläufig nicht heiraten, aber vielleicht später, wenn sich etwas bietet, wo sie in die Wirtschaft kommt und wo einer einen Geldbeutel mitbringt. »Nun bin ich die junge lustige Witwe,« jubelte sie, ohne auf das Gefühl der Bende Rücksicht zu nehmen, »mein Wunsch war ja, Ostern frei zu sein. Da ich nichts anzuziehen habe, nun kann ich mir etwas kaufen. Und wenn sollte mal das Glück auch an dich herantreten und Mutter dann nach hier kommt, dann kennt sie uns nicht wieder. Dann sind wir die lustigen Witwen aus Berlin.«

Die Bende hatte sich in den letzten Wochen schrecklich geängstigt und konnte den Termin der Beerdigung nicht erwarten. Bei der Tötung Links fand sie sich als der Hehler, der so gut ist wie der Stehler. Sie ging nicht mit zu der Beerdigung, aber ihre Mutter. Sie glaubte, die Freundin beruhigen zu müssen: »Der größte Schuft ist, der heute unter der Erde liegt. Der Kerl müßte im Grab keine Ruhe finden.« Aber am gleichen Tag schrieb sie: »Mein Lieb, ob du in dem Moment an mich denkst, wo er in die Gruft gesenkt wird, da ich doch eigentlich am allermeisten die Hauptschuldige bin. Mir brennt das Gesicht wie Feuer. Es ist jetzt zehn nach ein halb vier. Gleich, wenn alles pünktlich ist, beginnt die großartige Feier und der Herr Kommunist marschiert von dieser Welt.«

Elli hatte keine Ermunterung nötig. Zynisch und übermütig, aber nicht ganz ehrlich, renommierte sie vor der Freundin: »Habe alles durchgeführt, was ich im Schilde hatte. Habe dadurch meine Liebe bewiesen, daß mein Herz nur für dich schlug und Link Liebe vorgeheuchelt bis auf den letzten Tag. Wo du manchmal sagtest: ich hätte Mitleid mit ihm. Nein, mein Lieb. Nun bin ich erst glücklich, daß ich es für vier Mark geschafft habe und seine gottlose Schnauze gestopft habe.«

Aber dann kamen schon mehr und mehr Ernüchterungen, Entspannungen bei Elli. Der Frau Schnürer erzählte sie, der Mutter Gretens, vom Krankenlager Links, wie er immer arbeiten wollte und wie sie oft weinte, weil er es jetzt so gut mit ihr meinte. Sie saß oft wehmütigen Gesichts da. Die Faszination ließ nach. Es war nicht die Furcht vor Strafe bei ihr wie bei der Bende, sondern die beginnende schreckliche Klarheit, das Zurückschwingen in den alten Zustand. Betrübt sah die Bende sie an, fühlte, daß sich Elli auch gegen sie richtete: »Du gibst mir ein großes Rätsel zu raten auf. Was mach ich mir für Gedanken und Vorwürfe. Auch wenn ich bei dir bin, so ist das von dir zu mir alles so gezwungen, als wenn du mir bloß immer sagen willst, ich habe Schuld, daß du das gemacht hast.« Die Betrübnis der Bende war groß. Sie sagte einmal verzweifelt, sie gebe sich an allem schuld; Elli liebte sie nicht wirklich; sie hätte damals, als sie zurückkehrte zu Link, ein glückliches Leben anfangen können.

Elli, die Witwe, hob sich aus ihrer unklaren Trauer, verteidigte sich vor der Freundin: »Liebes Gretchen, wie kannst du sagen, daß ich mich um Link habe. Bin ich denn nicht rüdig genug? Wenn das alles Zwang wäre, wäre ich nicht so ausgelassen. Glaube mir, daß sich mir nicht eine Faser gerührt hat. Ich war kalt und habe alles mit kaltem Herzen gemacht und ich bereue es auch nicht im Geringsten. Ich bin nur froh und glücklich, daß ich erlöst bin.«

*

Um diese Zeit tat die Bende, wetteifernd und werbend um die Freundin, tat so, als wäre sie aktiv und wollte auch ihren Mann beseitigen. Es waren vielleicht solche hingerissene, rauschartige Gedanken in ihr. Sie wurde um diese Zeit sehr durch den Schmerz und die Angst um die Freundin bedrängt. Aber wenn sie einen Schritt vorwärts machte, ging sie zwei zurück. Sie besuchte die verhutzelte Wahrsagerin Feist, holte Tropfen, erzählte ihrer Freundin, sie gebe sie dem Mann. Sie war sehr aufgewühlt und durch die Liebe zu ihrer Freundin zu Dingen gedrängt, die außerhalb ihrer Natur lagen. Sie haßte ihren Mann gar nicht, und wenn sie Elli umarmte, bei aller Lust trauerte und weinte sie, drängte zu ihrem Mann. Immer vertröstete sie die Freundin: »Warte auf mich und bleibe mir treu. Es wird ja doch hier ein Weilchen vergehen.« Zugleich dabei der verzückte Gedanke, Elli zu sich zu holen, mit ihr und der Mutter zu leben. Schrecklich klang es der Bende, der warmblütigen, gefühlsvollen, als die Freundin ihr keck zurief, bis Pfingsten spätestens sollte die Freundin frei sein für sie. Die Bende las bedrückt, was Elli lockend schrieb: wie schön es jetzt sei, allein, nicht zu rennen, den Pudel zu spielen, auf nichts mehr Rücksicht zu nehmen. Das Kindliche und Harte in Elli, das Lustige, Unbekümmerte und zugleich Eisige wurde auch ihr sichtbar. Jetzt war die Bende in einem Konflikt, fast in einer Krise. Es war ihr beinah lieb, daß die Katastrophe, die Entdeckung hereinbrach.

Man hatte bei Link geschwankt zwischen Grippe, Malariafieber und Vergiftung durch Methylalkohol. Auf dem Totenschein schrieb man Vergiftung durch Methylalkohol. Die Mutter Links, gehässig auf Elli, brachte den Stein ins Rollen. Elli hatte ihr erst nach seinem Tode Mitteilung von seiner Erkrankung gemacht und dann gesagt, er sei an Alkoholvergiftung gestorben. Sie ging zur Polizei, beschuldigte die Schwiegertochter. Es erfolgten Vernehmungen. Die Leiche wurde durch Gerichtsärzte obduziert, Leichenteile dem Chemiker Dr. Br. zur chemischen Untersuchung überwiesen. Die chemische Untersuchung verlief ergebnislos auf Methylalkohol oder Arzneimittel. Sie erwies das Vorhandensein ganz erheblicher Mengen von Arsen. Die vorgefundenen Mengen genügten für den Tod mehrerer Menschen. Die Gerichtsmedizinalräte stellten chronische Arsenvergiftung fest mittels unerhört großer Arsenmengen.

Die Haussuchung in der Wohnung der Frau Link förderte einen Stoß Briefe zu Tage, eben die Briefe der Bende, dazu eine Anzahl ihrer eigenen, die die Bende ihr zurückgegeben hatte. Die Briefe hatte sie zum Teil in ihrer Matraze verwahrt. Frau Bende war in diesen Tagen des niedergehenden Gewitters bettlägerig. Am 19. Mai, anderthalb Monate nach dem Tode Links, erfolgte die Verhaftung seiner Witwe. Am 26. Mai wurde Frau Bende festgesetzt. Die Ermittlungen gingen auch gegen die Frau Schnürer.

Die kurzen Mitteilungen über die Vorfälle in der Presse erregten enormes Aufsehen. Das Ermittelungsverfahren zog sich fast ein Jahr hin. Die Hauptverhandlung wurde vom 12.–16. März 23 in Berlin am Landgericht geführt.

Elli Link war von Anfang an geständig. Sie war ein verschüchtertes Schulmädel. Dann regte sich ihr Trotz. Der Haß auf den Mann lebte auf; sie fühlte sich schuldlos; hatte sich nur verteidigt, den Bösewicht beseitigt.

Ihre Freundin war erschüttert, aufs Fürchterlichste verängstigt. Und – befreit. Ihr altes, sehr schlechtes Gewissen saß ihr im Nakken. Sie hatte auch ein schlechtes Gewissen gegen ihre Freundin.

Es war ihre unfreie Art, sich schuldig zu fühlen, aber auszuweichen, sich hinter tönender Entrüstung zu verstecken. Sie leugnete bis in die Hauptverhandlung; ein dünnes, sehr durchsichtiges Lügen.

*

In der Haft kam Elli zu sich. Die Faszination war völlig gewichen. Ihr war unklar, wie alles gekommen war; sie schrieb in der Untersuchungshaft: »Wie soll ich dieses noch schildern. Es ist und bleibt mir verschleiert, es bleibt mir alles nur ein Traum.« Kein Gefühl der Gefahr in ihr. Es war nicht mehr der heiße Grimm auf Link, der in ihr lebte, aber allgemeine Dumpfheit und Bitterkeit, die sich auch gegen den toten Link richtete, eine dumpfe, bittere Ablehnung, ein entschiedener Widerwille, an dem sie sich erholte. Ein sicheres Festhalten seiner Rohheiten und Bosheiten. Damit wurde sie aktiver und bewegte sich. Die Eltern in Braunschweig setzten sich in Bewegung ihr zu helfen. Wie unbesorgt Elli war, zeigte ihre Erbitterung auf die Mutter des Link, die die Anzeige erstattet hatte und sogar jetzt sich an die Sachen Ellis, oder den Nachlaß Links heranmachte. Elli alarmierte den Rechtsanwalt, der früher ihre Scheidungsklage geführt hatte; ob sie sich das gefallen lassen müsse. Sie machte ihren Eltern und Geschwistern in einem Brief Ende 22 Vorwürfe: man hätte ihre Sachen aufbewahren sollen. Alles, was in ihrem Besitz war, sei fort, sie könnte sich die Haare einzeln ausreißen. »Die Alte sucht Grund, um mich zu belasten, aber fällt ein Wort, dann melde ich mich zum Wort, denn das Maß läuft doch mal über. Link hatte doch nichts weiter als die zerrissene Wäsche. Wenn die Rechtsanwälte sich nicht große Mühe geben, kann ich mich auf Jahre gefaßt machen. O, die Frau. Warum erzieht sie so herzlose Kinder? Vielleicht laufe ich barfuß; das könnte der Alten gefallen.« Sie berichtet dann, daß das Wetter hier noch immer schön sei, die Luft sei herrlich: »Werdet nur nicht krank, ich möchte doch alle gesund und munter wiedersehen. Haltet mir bitte meine Sachen in Ordnung; ich muß sehen, was ich mache; denn ich habe viele Verpflichtungen. Es grüßt Euch von Herzen Eure Tochter und Schwester Elli.«

Es hatte ihr geschienen, als ob sie ganz frei von Link geworden wäre, als ob sie sich von ihm befreit hätte. Aber sie war nicht in ihr altes Gleichgewicht zurückgeschwungen. Jetzt, wo die Faszination des Hasses und die Liebesleidenschaft gewichen war, wo man sie seinetwegen strafen wollte, fing sie wieder an, mit ihm zu kämpfen. Sie trug ihn noch mit sich herum. Tieferes in ihr war mit ihm verbacken. Sie träumte viel und schwer in der Untersuchungshaft. Einiges schrieb sie auf. Hier sind ihre Träume.

»Mein Mann und ich gingen durch einen Wald, kamen an einem eingezäunten Abgrund vorbei. Wir kamen ins Gruseln, in diesem Abgrund hielten sich Löwen auf. Link schimpfte und sagte: ich werfe dich gleich hier hinunter! Schon lag ich tief unten. Die Löwen stürzten sich auf mich los, aber ich streichelte und liebkoste die Tiere, gab auch meine Stullen zu fressen. Diese Tiere taten mir nichts. Kletterte den Abhang beim Füttern herauf und sprang dann über den Zaun. Link aber sagte wütend: Du Aas krepierst nicht. Hier war eine Tür, die nur angelehnt war. Ich gab Link einen Stoß, der stürzte hinunter. Die Löwen haben ihn zerrissen und lag mit dort in einer großen Blutlache.«

»Ich saß mit einem kleinen Mädel im Zimmer und spielten, scherzten, liebkosten. Lehrte ihr einige Sätze, die die Kleine sagen sollte, wenn Link nach Hause kam. Als wir ihn sahen, gingen wir Link entgegen und sagten: Guten Tag, Papa, wie ist der Tag verlaufen. Als die Kleine auch einige Wörter hervorbrachte, sagte er: das Jör ist auch ganz ein Schlag nach dir. Riß mir das Kind weg, faßte es an den Beinen und schlug es mit dem Kopf auf die Tischecke.«

»Link kaufte einen kleinen Hund. Er wollte den Hund zum Wachen erziehen. Nahm den Stock und haute das Tier ganz fürchterlich. Der Hund schrie schon, wenn er Link seine Stimme hörte. Ich konnte dieses nicht mit ansehen und schalt darüber, daß er das Tier so schlug: ›Du erreichst im Guten und Lieben viel mehr.‹ Da Link nicht hörte, nahm ich ihm den Stock fort und schlug ihn damit über den Kopf, daß er tot umfiel.«

»Es lagen im Saal lauter Tote. Dieselben sollte ich waschen und anziehen, ich aber durch Unvorsichtigkeit eine Bank umstoßte. Fielen die Toten alle zu Boden, beim Aufnehmen bekam ich das Gruseln, wollte so schnell eilen und rufen. Aber ich kam beim Laufen nicht von der Stelle und der Ruf blieb mir im Halse stecken.« – »Hatte Termin. Meine Strafe wurde sehr hart. Als ich mir den Kopf zerbrach: wie endest du nun am leichtesten, kam eine Aufseherin und meinte: ich helfe ihnen. Nahm ein Messer und schnitt mir den Körper durch.«

»Ich hörte mein Muttchen rufen und ging ans Fenster. Da hörte ich jemand in meine Zelle kommen. Der riß mich vom Fenster.«

»In meinem Zimmer hatte ich eine ganz kalte Person, ob eine Sie oder einen Er weiß ich nicht; ob die Gestalt tot war, weiß ich auch nicht. Es tat mir so sehr leid, daß die Person so kalt war. Nahm ich einige glühende Kohlen aus dem Ofen und legte dieselben ans Bett, um damit die Person erwärmt werden sollte. Aber im Nu stand alles in Flammen und ich war ganz von Sinnen, glich einer Wahnsinnigen. Wer mir dieses Gefühl nachfühlen kann, wenn man erwacht und ist nichts von wahr.«

»Eine Person stand mit einem Eimer, worin eine Schlange lag, im Zimmer. Die Person zeigte der Schlange den Weg, wo dieselbe schleichen sollte, und diese umzingelte mich und biß mich in den Hals.«

»Ich betrachtete eine weiße Fahne mit einem schwarzen Adler, rauchte eine Zigarette dabei. Aus Versehen brannte ich ein Loch herein. Wurde darum vors Kriegsgericht geführt, und bekam lebenslänglich Zuchthaus. Aus Verzweiflung erhängte ich mich.«

»Wir übten uns im Ballfangen, mit vier Bällen. Die Bälle färbten sich in der Luft. Mit einem Mal hatten sich die Bälle verwandelt in Köpfe, die mich so anguckten, daß ich angst und bange wurde. Da bekam ich das Gruseln und lief fort. Aber ich strengte mich so sehr an und kam nicht von der Stelle. Da rief ich Muttchen, steh mir doch bei. Aber auch dieses blieb im Halse stecken. Als ich erwachte, war ich wie in Schweiß gebadet.«

»Ging über Land. Als wir eine Mühle erlangten, betraten wir dieselbe und baten um etwas Mehl. Der Müller so hartherzig war und uns die Tür wies, ärgerte ich mich wahnsinnig, gab ihm einen Stoß und flog ins Mühlrad. Dort wurde er ganz zerstückelt.«

»Mein Mann hatte immer die Absicht, ins Ausland zu wandern. Der Wunsch ging in Erfüllung, wo er mich mitnahm. Auf dem Schiff wunderte ich mich über alles, was ich sah, wollte auch viel wissen. Durch dieses viele Fragen wurde Link ungemütlich und warf mich über Bord. Dieses hatte jemand gesehen und wurde gerettet. Als ich wieder bei Link war, paßte ihm das nicht; ich wurde ihm lästig. Da packte es mich wieder, daß er mich erst mitlockte, nun wollte er mich lossein. Da gab ich ihm einen Stoß. Link fiel so unglücklich ins Wasser und kam nicht wieder zum Vorschein. Aber ich sehe ihn immer hinter mir kommen.«

»›Hast mir doch immer versprochen, wolltest mir ein Paar Schuhe kaufen, kannst mir den Wunsch doch erfüllen.‹ ›Ja, ich werde dir ein Paar Holzschuhe kaufen. Sind gut genug für dich.‹ Ich sagte nein, danke, dann will ich keine. Für dieses ›Danke‹ schlug er mich an den Kopf, so daß ich nicht wußte, was um mich her war. Als ich langsam wieder zur Besinnung kam, saßen wir in der Straßenbahn. Link sagte: hast du nun ausgemault? Da überlegte ich erst, was überhaupt los war. Da konnte ich mich nicht beherrschen. Beim Aussteigen stieß ich ihn vor die Straßenbahn, wurde auch gleich überfahren, so daß er ganz zerstückelt im Blute lag.«

Öfter erschienen im Gefängnis vor Ellis Augen im Traum und Halbschlaf Gegenstände und Gesichter, die sich gewaltig vergrößerten. Sie sagte, die Augen schmerzten ihr davon; sie bekam Angstgefühle und Herzklopfen, daß sie oft nicht wußte, was sie machen sollte. Sie ertappte sich beim traumhaften Herumwandeln. Sie bangte sich vor der Nacht, machte kalte Abreibungen. Das tat ihr wohl; aber die schlimmen Träume verschwanden nicht.

Die andere, die Bende, hatte auch oft nachts ihren Mann vor Augen. Er drohte ihr mit Dolch und Beil. Eine furchtbar drükkende Angst überwältigte sie dann. Sie träumte aber auch Leichteres, Angenehmeres. Sie lief über grüne Wiesen mit vielen Blumen, sah manchmal klaren Schnee, spazierte mit ihrem Hund. Sehr oft träumte sie von ihrer Mutter und weinte im Schlaf, so daß eine Frau, mit der sie zusammen war, sie weckte. Sie sah, wie ihr Mann mit ihrer Mutter tobte. Dann träumte sie von Frau Link, von ihrer Elli, die vor ihr stand, weinte und sagte: »Link hat mich wieder so geschlagen.«

Elli war heftig von den Ereignissen, der Inhaftierung, den Vernehmungen, angegriffen worden. Sie kam nicht nur zu sich; es trat, die Träume zeigten es, eine Veränderung in ihr ein. Jetzt erst sah sie völlig und deutlich ihre Tat, jetzt erst war Link wirklich durch Gift von ihr getötet worden. Das Aufhören der Leidenschaftsfaszination bewirkte das im Zusammenhang mit den Familiengefühlen, Elterninstinkten, die die Haft und das Gericht sehr lebendig gemacht hatten. Von hier strömten jetzt übergroße Massen geseilschaftlicher Impulse. Während sie bei Tag scheinbar lustig und ruhig sich bewegte, war sie in der Nacht und im Traum Objekt der heftig aufflackernden, fest in ihr sitzenden, bürgerlichen Impulse. Sie drängte zu den Eltern, zur Mutter: sie wollte zu ihrem Muttchen, das sie rufen hörte, aber man riß sie aus der Zelle vom Fenster zurück. Das war die Straftat, die sie von der Mutter entfernte.

Sie arbeitete vergeblich und immer wieder an dem Faktum: »Link ist tot, ich habe ihn ermordet,« und wurde damit nicht fertig. Wiederholte sich in ihren Träumen dauernd den Mordvorfall, mußte immerzu morden, dazu trieben die Elterninstinkte, und brachte immer neue Rechtfertigungsversuche vor. Ihre Träume waren ein ständiger Kampf; der Versuch der anklagenden Elterninstinkte, sich schrankenlos zur Herrschaft zu bringen und die Widerwehr der übrigen Kräfte Ellis dagegen, auch in der heilsamen Absicht, einer Überschwemmung durch die fürchterlichen lähmenden Gewalten zu entgehen. Als Rechtfertigung führte sie sich den bildlichen Sturz in den Abgrund zu den Löwen vor. Elli sagte in dem Bilde, warum sie den Mann von Löwen zerreißen ließ. Sie war mit ihm durch den Wald, der schlimmen Ehe, gemeinsam gewandert. Dann waren sie an eine eingezäunte Stelle gekommen, einen verbotenen Ort, einen Abgrund, der offenen Wut, des Hasses, der Perversion. Der Mann suchte sie herunterzustürzen; es gelang ihm nicht; sie rettete sich. Er selbst kam hier um. Es war nur recht. Sie sprach im Traum schützend nur von seiner Perversion, nicht von ihrer.

Sie demonstrierte sich seine Brutalität; am eindringlichsten, wo er das Kind, das ihn begrüßen sollte, bei den Beinen anfaßte und mit dem Kopf gegen die Tischkante schlug. Da sprach sie noch Heimlicheres aus. Sie selbst war solch kleines Mädel gewesen, hatte in Link eine Vaterähnlichkeit gesehen, hatte sie in ihm gesucht. Sie wollte ihn Vater ansprechen, ihm entgegengehen wie das kleine Mädel des Traums. Aber er enttäuschte sie in der furchtbarsten Weise. Sie klagte ihn an, er suche sie zu töten, er hätte versucht, das Kind in ihr zu töten. Sie wandte sich so verborgen schutzsuchend an die Eltern selbst und suchte sie als ihre Zeugen: sie sollten gut sein. Sie phantasierte: er warf sie vom Schiff, schlug ihr vor den Kopf. Die Enttäuschung ihrer Verbindung mit Link: er hatte ihr Schuhe versprochen und bot ihr Holzschuhe, die gut genug für sie waren. Die sexuellen Überfälle kehrten wieder in der Verschleierung des Bildes von der Schlange, die aus dem Eimer auf sie zukroch und ihr in den Hals biß.

Und ihr eigenes Vergehen suchte sie sehr klein zu machen; sie hätte nichts getan als eine Zigarette geraucht und aus Versehen ein Loch in die weiße Fahne mit dem schwarzen Adler gebrannt. Das war die Verletzung des Gesetzes.

Sie wollte sich nicht mit dem Mord und mit Link auseinandersetzen. Sie jammerte, daß sie immer morden, sich immer mit ihm beschäftigen mußte, mit dem doch Toten. Lauter Tote lagen in ihrem Saal, sie sollte sie waschen und anziehen. Sie wollte sie wegstoßen, wollte weglaufen, aber war an die Stelle gebannt.

Dazu aber war in ihr lebendig und wütete in den Träumen fort der Sadismus, die krampfhafte Haßliebe, die er in ihr geweckt hatte. So verbunden hing sie noch an dem Toten. Sonderbar überlagerten sich in ihr die Dinge: die Neigung sich wieder zu reinigen, Kind zu sein, zu den Eltern zurückzukehren, trieb ihr solche Phantasien in den Kopf; zugleich schluckte daran, sättigte sich an ihnen der sadistische Drang. Sie gruselte sich, konnte sich aber nicht losreißen. Sie konnte nicht zu den Eltern zurück über den Stachelzaun des Gewissens, und in dem Haß wollte sie nicht bleiben. Sie dachte in ihrem Hin und Her sich durch den Tod zu retten; eine Aufseherin im Traum half ihr, schnitt ihr den Körper mit einem Messer durch. Einmal erhängte sie sich, wie es ihr Mann öfter versucht hatte. In diesem Traum mit der Kriegsflagge der Marine identifizierte sie sich auch mit dem Mann, der im Krieg Matrose gewesen war, und bestrafte sich, indem sie sein Schicksal erlitt.

Sie strafte sich überhaupt mit diesen Phantasien. Sie fürchtete sich vor ihnen und verhängte sie über sich.

Im Gesicht und in den Bewegungen blieb sie die harmlose, schuldlose, muntere Frau. Ihr Inneres, erneut in einer Krise, rang schwer und warb um die Wiederkehr zu den Eltern.

Sie hatte die Bende nicht vergessen. An die geschlechtlichen Dinge erinnerten die sonderbaren Bilder von dem Ballspielen mit den vier Bällen. Einmal lag, erzählt ein Traum, in ihrem Zimmer eine »ganz kalte Person«, um die sie sich sehr auffällig bemühte, die sie wärmen und zum Leben erwecken wollte. Es war – träumte sie diskret, aber sehr deutlich – weder ein Er noch eine Sie. Auffällig leid tat ihr diese Person, ihr, die sonst so stark sich in Mord vertiefte. Es war nicht der tote Link. Endlich einmal nicht der tote Link. Sie hing noch an Grete und es wurde deutlich: Grete war nicht nur räumlich von ihr getrennt, Elli hatte den Wunsch, sich von ihr zu lösen. Elli schämte sich dieser Neigung, die aber noch in ihr lebte. Sie stieß diese Neigung weg, wie sie den Toten und den Mord wegstieß. Sie zeigte so, wie eng die Neigung mit Link und der Tat zusammenhing. Aber es war noch immer Süßes dabei. Sie wollte Grete lebendig machen, aber wollte es nur scheinbar, tat nur so. Sie tat es mit einem ganz unmöglichen Mittel, mit glühenden Kohlen, die sie erwärmen sollten. Natürlich verbrannten sie die kalte Person. Elli wollte die Bende haben und wollte sie nicht haben. Wie die Kohlen dann das Bett verbrannten, war Elli ganz von Sinnen, »glich einer Wahnsinnigen.« So war sie vorher vor einem anderen mächtigeren Zwiespalt in den Tod geflohen.

Ellis Innere wurde in der Haft sehr vertieft. Unter großen Schwierigkeiten, mit Erscheinungen, die eine leichte Psychose streiften, vollzog sich die Veränderung, deren Richtung auf neuen Anschluß an die Familie ging.

Der anderen, der Bende, geschah nicht viel in der Haft. Sie war viel einfacher, innerlich elastischer, umfangreicher in ihren Gefühlen. Sie hing immer mit ihrer Mutter zusammen; dieses Zentrum war unversehrt. Weich, eifersüchtig und empfindlich hatte sie Elli manches vorzuwerfen. Aber sie liebte sie, auch in ihren Träumen, hegte ihre Liebe. Elli blieb ihr Kind, das sie vor dem bösen Mann beschützte.

Über die Hauptversammlung vom 12.–16. März wurde von allen Berliner Zeitungen, auch von zahlreichen auswärtigen, ausführlich und in großer Aufmachung berichtet. Täglich wechselten die sensationellen Überschriften: Giftmischerinnen aus Liebe, die Liebesbriefe der Giftmischerinnen, ein seltsamer Fall.

Elli Link saß blond und unscheinbar auf der Anklagebank, gab verschüchtert Antwort. Margarete Bende, großgewachsen, trug einen Ledergürtel um die schlanke Taille; das Haar voll, sauber gewellt, die Gesichtszüge energisch. Ihre Mutter aufgeregt, weinte viel. Die Frau Ella Link wurde angeklagt, »durch zwei selbständige Handlungen vorsätzlich einen Menschen, nämlich ihren Ehemann, getötet zu haben, und zwar indem die Tötung mit Überlegung ausgeführt wurde; zweitens der Bende zur Begehung ihres Verbrechens, nämlich des versuchten Mordes an dem Ehemann Bende, durch Rat und Tat wissentlich Hilfe geleistet zu haben.«

Frau Margarete Bende, »durch zwei selbständige Handlungen erstens der Link zur Begehung ihres Verbrechens, nämlich des Mordes an dem Ehemann Link, durch Rat wissentlich Hilfe geleistet zu haben. Zweitens den Entschluß, einen Menschen, nämlich den Ehemann Bende, zu töten, durch vorsätzliche und mit Überlegung begangene Handlungen, die einen Anfang der Ausführung dieses beabsichtigten, aber nicht zur Vollendung gekommenen Verbrechens enthalten, betätigt zu haben.«

Die Mutter, Frau Schnürer angeklagt »durch zwei selbständige Handlungen von dem Vorhaben erstens des Mordes an Link, zweitens des Mordes an Bende, zu einer Zeit, in der die Verhütung des Verbrechens möglich war, glaubhafte Kenntnis erhalten und es unterlassen zu haben, hiervon der Behörde oder den durch die Verbrechen bedrohten Personen zur rechten Zeit Anzeige zu machen, und zwar ist der Mord an Link und ein strafbarer Versuch des Mordes an Bende begangen worden.«

Verbrechen und Vergehen strafbar nach §§ 211, 43, 49, 139, 74 des Strafgesetzbuches.

Es waren 21 Zeugen geladen, darunter der Ehemann Bende, die Mutter des toten Link, der Vater der Elli, die Wirtin der Eheleute Link, der Drogist, die Wahrsagerin. Als Zeugen und Sachverständige die Ärzte, die den Kranken Link behandelt hatten. Dann die Gerichtsärzte, die die Obduktion vorgenommen hatten, der Chemiker, der die Analyse der Leichenteile ausgeführt hatte. Hinzu kamen psychiatrische Sachverständige.

Auf die einleitende Frage des Vorsitzenden des Landgerichts an Elli Link, ob sie zugebe, ihrem Ehemann Arsen gegeben zu haben, antwortete sie: ja. Sie gab dann an, daß sie sich von ihrem Mann habe befreien wollen. Er sei oft betrunken nach Hause gekommen, habe die schlechte Behandlung seiner Mutter auf sie übertragen, sie mit Dolch und Gummiknüppel bedroht. Er habe sie geschlagen, die Wohnung verunreinigt, im ehelichen Leben die abscheulichsten Zumutungen an sie gestellt. »Wollten Sie Ihren Mann vergiften?« »Nein. Ich dachte immerzu daran, daß er mich schlug, daß sein Herz nicht mehr für mich war. Und deshalb beherrschte mich Tag und Nacht nur der eine Gedanke: frei, nur frei. Das machte mich für alles andere kopflos.« Als der Vorsitzende zweifelte: sie hätte ihm einen Teelöffel auf einmal in das Essen getan, danach sei er so schwer erkrankt, daß er in das Krankenhaus gebracht werden mußte und dort starb, was sie sich denn dabei dachte, Frau Link: »Ich dachte an die Mißhandlungen. Er hatte mich ja so dämlich geschlagen, daß ich nicht wußte, was ich machte.« Auf den Hinweis des Vorsitzenden, daß sie von den fürchterlichen Dingen in ihrer Ehescheidungsklage nichts gesagt hatte, und auch in ihrem Briefwechsel mit Frau Bende nichts von alledem zum Vorschein gekommen sei, Frau Link: »Ich habe nichts davon gesagt, weil mir alles so peinlich war; verschiedene Angaben habe ich aber meinem Anwalt gemacht.« Ihre Vernehmung war beendet, nachdem sie sich noch auf Veranlassung ihres Verteidigers, Rechtsanwalt Dr. B., näher über die Mißhandlungen seitens ihres Mannes ausgelassen hatte.

Der Vorsitzende zu Frau Bende gewandt: sie solle das gleiche wie Frau Link bei ihrem Ehemann versucht haben; sich von der Kartenlegerin ein zum Glück unschuldiges weißes Pulver habe geben lassen. Frau Bende, Margarete: »Ich war mehrfach bei der Frau F. und habe mir die Karten legen lassen, weil ich an die Karten glaubte. Ich habe meinen Mann zuerst geliebt, weil ich glaubte, Gegenliebe zu finden. Ich habe ihn geheiratet, wie er war, mit einem einzigen Anzug auf dem Leibe. Die Ehe wurde aber unglücklich, weil mein Mann bei Verbrechern tätig war und mich mit meiner Vaterlandsliebe und meinem Gottvertrauen, in denen ich großgezogen bin, verhöhnte und verspottete. Er bedrohte mich schließlich mit Erstechen oder Erschlagen, und als ich sagte: ich merke ja nicht viel davon, du aber, da sagte er mir: mir kann keiner, ich spiele den Geisteskranken.« Auch sie gibt an, sich geschämt zu haben, von diesen Dingen in den Briefen zu sprechen. Sie versucht verfängliche Äußerungen in den Briefen harmlos zu deuten. Fest behauptet sie, mit ihrem Mann nichts Böses im Sinn gehabt zu haben. Gegen Frau Link hatte sie zwar einen gewissen Verdacht, jedoch hat sie nicht gewußt, daß sie ihren Mann ermorden wollte. Sie sahen sich beide seit lange zum ersten Mal wieder, in der Verhandlung, auf der Anklagebank hinter den Schranken. Sie wußten nicht, wie sie zueinander standen, blickten prüfend eine zur andern. Sie freuten sich leise. Keine belastete die andere.

Die dritte Angeklagte, die Mutter der Frau Bende, weint: »Ich habe von allem nichts gewußt. Wenn ich Kenntnis davon gehabt hätte, dann hätte ich alte Frau dafür gesorgt, daß das Unheil vermieden würde.«

Die 600 Briefe kamen mit Unterbrechungen zur Verlesung. Von Zeugen, besonders der Ehemann Bende, der gesunde, vierschrötige Mann. Er hatte keine Vergiftung an sich bemerkt. Interessant war die Mitteilung des chemischen Sachverständigen, daß im

März in den Kopfhaaren des Bende Arsen gefunden wurde. Man könne noch nach zwei Jahren im Körper, besonders in den Haaren und der Haut Arsen nachweisen; ein Schluß auf die Menge des zugeführten Arsens sei aus dem Nachweis nicht möglich. Es wurde eingewandt, daß der Mann arsenhaltige Medikamente im Verlauf einer Kur gebraucht habe. Frau Bende und ihre Mutter eiferten, solch Rezept bei ihm gesehen zu haben, was er bestritt. Gewisse sexuelle Besonderheiten mußte er gedrängt zugeben. Am Schluß des zweiten Verhandlungstages, nach der sehr belastenden Verlesung der Briefe, die sie in die schreckliche Zeit zurückführte, erfolgte eine Art Zusammenbruch der Angeklagten. Sie nahmen laut weinend voneinander Abschied. Frau Bende fiel ihrer Mutter in die Arme, schrie: »Liebe Mutter, denk an deine einzige Tochter. – Gott verläßt uns nicht.«

Vor Ende der Briefverlesung wurde Ellis Vater vernommen. Er hatte vieles in dieser Sache in der Hand gehabt, hatte nichts gewußt davon, wußte es auch jetzt nicht. Er war ein grader einfacher Mann. Elli liebte ihn, bemäkelte seine Entschlüsse auch jetzt nicht. Er bekundete, seine Tochter habe sich wiederholt über ihren Mann und über Mißhandlungen durch ihn beklagt. Ein sehr wichtiger Zeuge, ein Arbeitskollege des toten Link. Der sagte mit großer Bestimmtheit aus, der Ehemann Link sei ein in der Trunkenheit brutaler Mann gewesen, der zu sexuellen Exzessen neigte, sich ihrer rühmte. Das hätte ihn, den Zeugen, veranlaßt, dem Link die Freundschaft zu kündigen.

Als noch einmal der Ehemann Bende auf Veranlassung des Staatsanwalts sich über Vorfälle bei angeblich vergifteten Speisen äußern sollte, kam es zu einem erregten Auftritt. Frau Schnürer hatte sich bisher leidlich ruhig verhalten, jetzt sprang sie auf, schleuderte roten Gesichts ihrem Schwiegersohn entgegen: »Sie haben meinem Kind mehr Gift eingeflößt als Sie bekommen konnten. Der Mann dort hat mein Kind vergiftet, und daher bin ich dieser Frau (Frau Link) für ihr Tun dankbar. Denn sonst läge mein Kind schon unter der Erde.«

Von den Sachverständigen, die man nun rief, nach dem Chemiker und den beiden Obduzenten, äußerte sich zuerst in einem umfangreichen Gutachten Sanitätsrat Dr. Juliusburger, ein psychologisch und psychiatrisch besonders geschulter Arzt, ein feiner allgemein gebildeter Mann. Es handele sich um einen besonders seltenen und schwierigen Fall. Man wisse nicht, wo die Natur ihr Werk anfinge und wo die Krankheit beginne. Frau Link besäße eine auffallende Gleichgültigkeit im Kommen und Gehen der Gefühle. Ihre große Oberflächlichkeit sei hervorstechend. Eine wirklich ernste, gesunde Gefühlsreaktion sei bei ihr nicht wahrzunehmen. Frau Link sei überschwänglich in der Liebe gegen die Freundin und im Haß gegen den Mann. Von Perversionen ist in den Briefen nichts zu finden, denn Frauen lassen sich lieber malträtieren, als dem Arzt Andeutungen über ihre Eheerlebnisse zu machen. Die Briefe zeigten einen Schreibdrang, wie man ihn deutlicher nicht finden könne. Die Briefe, 600 innerhalb von fünf Monaten geschrieben, oft täglich mehrere, sind ein Beweis für die ins Krankhafte gesteigerte Leidenschaft ihrer Liebe zueinander. Der Inhalt der Briefe ist Grausamkeit gepaart mit betonter Wollust. Es ist nicht auffallend, wenn sich dabei Züge von echtem Mitleid zeigen. Es geht eine Art Rauschzustand durch die Briefe, der entschieden pathologischer Natur ist. »Wir empfinden es förmlich nach, welcher Rausch der Liebe und des Hasses insbesondere die Angeklagte Link durchtobt hat.« Sie ist die beeinflußbarere Natur von kindlicher Konstitution. Sie war der Bende untertan, hörig und wollte ihr den Beweis erbringen, daß ihre Liebe echt sei. Sie hat die Briefe trotz ihrer Gefährlichkeit nicht vernichtet. Man könnte das für die berühmte Strafecke halten. Man kann auch versuchen, es aus geistiger Schwäche heraus zu erklären. Aber wenn man den Rauschzustand betrachtet, so ist zu sagen, daß für Elli Link die Briefe Kleinode, eine Art Fetisch waren. Wo ist nun der Übergang zur Krankhaftigkeit zu sehen? Bewußtlosigkeit hat nicht vorgelegen. Von Wahnvorstellungen und Sinnestäuschungen findet sich keine Spur. Der Fall, findet der vorsichtige menschenfreundliche sensitive Mann, steht an der Grenze. Man kann, was Frau Link anlangt, sagen, daß sie im Bann überwertiger Gefühle stand. Man hat es bei ihr mit einer krankhaft gesteigerten Gemütsart zu tun. Man kann also nicht sagen, daß § 51 (Strafausschluß wegen Unzurechnungsfähigkeit) nicht zutrifft, und kann ebenfalls nicht erklären, er trifft zu. Frau Bende hält der Sachverständige für die stärkere aktivere Natur. Wenn man ihre Persönlichkeit und die Kette der Briefe betrachte, so liegt, meinte der Sachverständige, bei ihr eine nicht so hochgradige und abnorme Überspannung von Gefühlen vor wie bei der Link, aber eine starke Minderwertigkeit. Er glaubt, daß auch hier ein Grenzfall ist.

Der zweite Sachverständige war der Sanitätsrat Dr. H., untersetzt, breit, mit buschigem herabhängenden Schnurrbart. Er ist ein nüchterner exakter Mensch, ein Wissenschaftler, auch ein Kämpfer. Er ist der Mann, der in Fällen dieser besonderen Art, der Beziehung Gleichgeschlechtiger, die größte praktische Erfahrung hat. Er kam zu dem Schluß, daß dieser langsame Giftmord das Ergebnis eines tiefen Hasses sei. Bei der Angeklagten Link besteht eine körperliche und geistige Entwicklungshemmung, bei der Bende eine auf erblicher Belastung beruhende geistige Beschränktheit. Er wies darauf hin, daß bei einer Schreibsucht, wie sie vorlag, die Neigung bestehe, zu übertreiben, so daß nicht alles, was in den Briefen stehe, ohne weiteres glaubhaft sei. Die Ursache für den tiefen Haß sieht er vor allem in der gleichgeschlechtigen Veranlagung der Frauen, die infolgedessen die Zumutungen ihrer Männer äußerst schwer empfanden und in dem Streben zueinander nur noch von der fixen Idee geleitet wurden, wie sie die Link aussprach: nur frei. Dieser fanatische Haß schränkt zweifellos die Zurechnungsfähigkeit ein, aber weder dieser Haß noch die gleichgeschlechtige Neigung schließt nach seinem Dafürhalten die freie Willensbestimmung im Sinne des § 51 aus. Der Sachverständige gibt aber auf die Frage des Verteidigers zu, daß die Auffassung des ersten Sachverständigen richtig sein könne; er persönlich halte die Voraussetzung zur Anwendung des § 51 nicht für gegeben.

Der Gerichtsmedizinalrat Dr. Th.: Die Angeklagte Link hat planmäßig und überlegt gehandelt. Da sie aber körperlich und geistig nicht ganz vollwertig sei, müsse man die Tat anders bewerten, als bei einer Vollwertigen.

Der vierte Sachverständige, Sanitätsrat Dr. L. lehnte jede Milderung ab. Er stellte fest, daß die Angeklagte Link sich in ihrer Lebensführung nie unselbständig gezeigt habe. Man könne sie nicht als eine schwer Minderwertige betrachten; denn jeder Mörder sei ja schließlich ein minderwertiger Mensch, dem eben die normalen Hemmungen fehlen. Es sei für jede Leidenschaft das Maßlose, Unüberlegte charakteristisch; der eine sei einer schwächeren, der andere einer stärkeren Leidenschaft fähig, ohne daß man dabei von Krankheit sprechen könne.

Der erste Staatsanwalt bat nun die Geschworenen auf ihren Bänken bei der Link die Schuldfrage auf Mord, bei der Bende die auf versuchten Mord und Beihilfe zum Mord zu bejahen. Aus der langen Dauer der Tötung wie aus dem Briefwechsel gehe klar hervor, daß die Link mit voller Überlegung gehandelt habe. Gegen die Annahme mildernder Umstände spräche die kalte Rohheit und Grausamkeit, welche die Briefe zeigten. Den Frauen hätte der Weg der Ehescheidung offen gestanden.

Die Reihe war an den Juristen, den Verteidigern. Der Verteidiger der Link, Rechtsanwalt Dr. A. B.: Die Frau sei mit großen Erwartungen in die Ehe gegangen und dann von dem Mann ausgesucht ekelhaft gequält worden. Die Brutalität des Mannes habe sie schließlich zum Weibe gedrängt. Der Affekt in ihr habe sich bis zum Wahnsinn gesteigert. So habe sie den Entschluß zur Tat gefaßt. Es fehlte ihr in diesem Zustand jede Urteilskraft und klare Überlegung. Sie handelte scheinbar zweckmäßig wie eben der Wahnsinnige innerhalb des Wahnsinns. Die abstoßende Rohheit der Briefe, die manische Schreibsucht, das Aufbewahren der Briefe beweist den Rauschzustand und seine Stärke.

Angesichts des Urteils des ersten Sachverständigen – er könne die Frage nach § 51 nicht entscheiden – und der Erklärung des zweiten Sachverständigen – er halte die Auffassung des ersten Sachverständigen für möglicherweise richtig – müsse man nach dem Rechtsgrundsatz urteilen: im Zweifelsfalle für den Angeklagten.

Der Verteidiger der Bende, Dr. G., warf ein, daß sich die Anklagen gegen die Bende nur auf den Inhalt der Briefe stütze, die kein sicheres Beweismittel seien. Die von dem Giftmordversuch getroffene Person könne sich nicht einmal an das vermeintliche Salzsäureattentat erinnern. Ebenso unhaltbar sei der Verdacht der Mitwisserschaft gegen die Frau Schnürer, der sich auch nur auf die Briefe stütze.

Den Geschworenen auf den Bänken, die alles angehört hatten, wurden zwanzig Schuldfragen vorgelegt: sie lauteten bei Frau Link auf Mord bzw. Totschlag und Beibringung von Gift sowie auf Beihilfe zum versuchten Mord an Bende, bei Frau Bende auf Beihilfe zur Tat der Link und auf Mordversuch bzw. versuchten Totschlag und Beibringung von Gift, bei Frau Schnürer auf Unterlassung der Anzeige des ihr bekannt gewordenen beabsichtigten Verbrechens.

In ihrem abgeschlossenen Zimmer sahen sich die Geschworenen, diese ernsten ruhigen Männer, dann gegenüber der merkwürdigen Frage, die man ihnen mitgegeben hatte, und mancher von ihnen wurde noch stiller. Es war keine Versammlung von Affektbereiten, Zornmütigen, Hitzigen, Rachgierigen, keine Recken mit Schwertern und Fellen, keine mittelalterlichen Inquisitoren. Man hatte vor ihnen einen großen Apparat aufgeboten. Fast ein Jahr hatte die Voruntersuchung gedauert. Weit hatte man in das Vorleben der Angeklagten hineingeleuchtet. Eine kleine Schar geschulter Männer hatte die körperliche und seelische Verfassung der Frauen beobachtet und versucht, sich ein Bild zu machen auf Grund ausgedehnter Erfahrung. Lichter auf die Vorgänge warfen die Äußerungen des Staatsanwalts, der Verteidiger. Bei all dem drehte es sich aber nicht um die Tat, um den nackten Giftmord, sondern beinah um das Gegenteil einer Tat: nämlich wie dieses Ereignis zustande kam, wie es möglich wurde. Ja man ging darauf aus, zu zeigen, wie das Ereignis unvermeidlich wurde: die Reden der Sachverständigen klangen in diesem Ton.

Man war gar nicht mehr auf dem Gebiet des »Schuldig-Unschuldig«, sondern auf einem anderen, auf einem schrecklich unsicheren, dem der Zusammenhänge, des Erkennens, Durchschauens.

Der tote Link hatte sich an Elli gehängt, die ihn nicht recht mochte. Sollte man ihn dafür schuldig sprechen? Eigentlich müßten sie es; es war die Ursache und so doch auch die Schuld des Folgenden. Er hatte zweimal Elli deutlich gegen ihren Willen festgehalten, hatte sie gequält und gemißbraucht.

Elli selbst hatte sich von ihm zur Ehe verleiten lassen. Sie war von Haus aus nicht voll entwickelt, geschlechtlich kühl oder besonders. Ihre weiblichen Organe waren nicht regelrecht ausgebildet. Sie stieß den Mann zurück. Das reizte ihn, reizte sie, der Haß war da und dann das Folgende.

Und so ihre Freundin. Es war schwer, unmöglich, von Schuld in dieser Ebene zu sprechen, nicht einmal von größerer und kleinerer Schuld. Die Geschworenen in dem geschlossenen Zimmer sahen sich vor die Notwendigkeit gestellt, einen Uterus, einen Eierstock schuldig zu sprechen, weil er so und nicht so gewachsen war. Sie sollten auch eigentlich Recht sprechen über den Vater, der Elli wieder ihrem Mann zugeführt hatte – und dieser Vater war der Inbegriff einwandfreier bürgerlicher Gesinnung. Ein Urteil über ihn fiel auf sie zurück.

Ein anderer Gedanke aber stand im Vordergrund: es ist etwas geschehen; was läßt sich tun, damit es nicht wieder geschieht. Man hatte einzugreifen. Das Gericht fragte nicht nach der Beteiligung, »Schuld«, Kleins, des Vaters, der Mutter Kleins; es griff ein Faktum heraus, den Mord. Das Unrecht durfte sich in bestimmten Grenzen bewegen; überschritt es die, so mußte man eingreifen. Die Geschworenen wurden gedrängt, wegzublicken von dem, was innerhalb des Kreises, der Grenzen geschah; die Skala der Vorgänge mußten sie außer acht lassen. Eigentlich war es eine Inkonsequenz, ihnen erst diese Skala zu zeigen und sie dann zu veranlassen, sie nicht zu beachten. Eine leichte flimmernde Erinnerung an die Skala der Vorgänge durften die Geschworenen anklingen lassen: nach dem Tatbestand wurden sie gefragt, und dann: liegen mildernde Umstände vor?

Nach zweistündiger Beratung kehrten sie zurück, ließen die Geschworenen als ihren Spruch verkünden: die Link ist der vorsätzlichen Tötung ohne Überlegung mit mildernden Umständen schuldig. Die Bende ist der versuchten Tötung nicht schuldig, wohl aber der Beihilfe zum Totschlag; hierbei werden ihr die mildernden Umstände versagt. Die Angeklagte Schnürer ist der Mitwisserschaft nicht schuldig.

Der Staatsanwalt, wieder an seinem Platze, das Gesetzbuch vor sich, beantragte die für diesen Schuldspruch höchste gesetzliche Strafe: für die Link fünf Jahre Gefängnis, für die Bende zunächst irrtümlich ein einhalb Jahr Gefängnis, da er die Versagung mildernder Umstände übersah, dann fünf Jahre Zuchthaus. Der Verteidiger der Bende erhob sich verblüfft, wies auf das Paradoxe hin, die Mörderin mit Gefängnis, die Helfershelferin zu Zuchthaus zu verurteilen. Es sei klar, daß die Geschworenen der Bende die mildernden Umstände nicht versagt hätten, wenn sie über das Strafmaß orientiert gewesen wären. Die Geschworenen, selbst erschreckt, nickten.

Die Bende und ihre Mutter schrien auf bei dem Antrag des Staatsanwalts. Ihr Verteidiger bat da den Gerichtshof, bei der Bende das geringste zulässige Strafmaß zu verhängen.

Elli Link wurde zu vier Jahren Gefängnis, ihre Freundin zu ein einhalb Jahr Zuchthaus verurteilt. Als strafmildernd wurde bei beiden die rohe Behandlung angesehen, als strafschärfend der grausame Charakter ihrer Tat. Aus letzterem Grunde auch wurden der Link die bürgerlichen Ehrenrechte auf 6 Jahre, der Bende auf 3 Jahre aberkannt. Die Untersuchungshaft wurde beiden angerechnet. Die Mutter der Bende ließ man frei.

Die durch das Strafmaß der Bende überraschten Geschworenen, noch nicht beruhigt, traten nach Schluß der Sitzung zusammen, verfaßten ein Gnadengesuch auf Umwandlung der Zuchthausstrafe in Gefängnis.

Die beiden Frauen, die zusammen den dreißigjährigen Klein getötet hatten, wanderten in die Gefängnisse, wurden die Jahre über gehalten. Saßen da, zählten die Tage, die Feste, sahen nach Frühjahr und Herbst und warteten. Warteten: das war die Strafe. Langeweile, kein Geschehen, keine Erfüllung. Es war ein wirkliches Strafen. Man nahm ihnen nicht das Leben, wie sie es Klein genommen hatten, aber einen Teil davon. Die schwere, nicht wegzuleugnende Macht der Gesellschaft, des Staates prägte sich ihnen ein. Zugleich wurden sie bitterer, matter, schwächer. Link war nicht tot; hier war sein Testamentsvollstrecker; man gab es ihnen zurück mit Einsamkeit und dem Warten, Elli mit den Träumen. – Der Staat schützte sich nur schwach durch diese Strafe. Er griff nichts an von dem, was die Beweisaufnahme angerührt hatte, arbeitete nicht entgegen dem schrecklichen Unwürdigkeitsgefühl, das Link in den Tod geführt hatte: das Gefühl wuchs allenthalben weiter. Belehrte nicht die Eltern, Lehrer, Pfarrer, aufmerksam zu sein, nicht zu binden, was Gott getrennt hatte. Dies war die Arbeit eines Gärtners, der rechts und links die Unkrautballen ausrupft; die Samen fliegen inzwischen weiter. Und wenn er vorne fertig ist, muß er sich umdrehen: es fängt hinten schon wieder an.

Zeitungsnotizen. Dr. M. in einer Berliner Zeitung: »Ein Sexualmord am Manne aus der Leidenschaft des Geschlechts, das zur Frau treibt, man hatte ihn hier erwartet. Es ist nicht so. Mord ist geschehen, bewußt ausgeführt und doch – man sieht diese unscheinbaren Geschöpfe mit dem harmlos blonden Vogelköpfchen, man verfolgt diese kühlen graublauen Augen, man hört die kosenden, doch ganz unsinnigen Briefe und schüttelt den Kopf. Ein kindliches Wesen, das nur Zärtlichkeit braucht, nicht Liebe, stößt auf einen Mann, der nicht streicheln kann, liebend quälen muß, mißhandelt. Die Leidende findet eine Frau, gleichaltrig, die ganz Ähnliches duldet, flüchtet sich in Hingabe an diese Gefährtin, findet einen Halt in ihrem stärkeren Charakter. Aus Freundschaft und verdrängtem Eros wird sexuelle Verbundenheit. Was liegt näher, als daß der Plan auftaucht, sich von den mißhandelnden Männern zu befreien.«

In den Zeitungen entspann sich, nach der politischen und religiösen Färbung, ein Streit über das Urteil. Das Organ einer konfessionellen Partei äußerte: »Die Geschworenen haben in Moabit wieder einmal ein erstaunlich mildes Urteil gefällt – als Motive wurden sexuelle Verirrungen und die dadurch heraufbeschworenen Streitigkeiten in der Ehe festgestellt und sie genügten vollauf zur Erklärung der Tat. Aber das Gericht ließ sich von den Verbrecherinnen, die sich reinzuwaschen versuchten, allerhand erzählen, von Mißhandlungen sowie von ungeheuerlichen Zumutungen des Ermordeten. Um ihrer Milde die Krone aufzusetzen, reichten die Geschworenen noch ein Gnadengesuch für die Mörderinnen ein. Mag man in dieser Zeit des allgemeinen Sittenverfalls mit dem einzelnen Verbrecher auch noch so viel Mitleid aufbringen, wohin kommt aber die Gesellschaft, wenn Verbrechen so milde beurteilt werden. Würden Geschworene und Richter und auch die Verteidiger in derartigen Fällen ihr gutes Herz entdecken, wenn sie selbst die Leidtragenden wären? Dabei soll die Strafe doch auch abschrecken, oder sind die heutigen Vertreter der Rechtspflege allgemein Gegner der Abschreckungstheorie geworden?«

Der Sachverständige Dr. H., der erfahrenste Kenner des Gebiets der gleichgeschlechtlichen Liebe, veröffentlichte selbst in einer Zeitschrift unter der Überschrift: »Ein gefährliches Urteil« Betrachtungen zu dem Urteilsspruch, der »in seiner Milde in der Kriminalgeschichte wohl einzig dastünde«. Die sexuelle Triebinversion entspringe an sich keinem verbrecherischen Willen, sondern einer unglücklichen Keimmischung. Keinenfalls gebe den Gleichgeschlechtlichen ihre Anlage ein Recht, Hindernisse mit Gewalt zu beseitigen oder gar die Menschen aus dem Wege zu schaffen, die ihrer Verbindung entgegenstehen. Letzteres sei aber geschehen. Das Urteil der Geschworenen ermögliche es den beiden jungen Frauen, binnen wenigen Jahren ihre Absicht, eine zweite Ehe miteinander einzugehen, auszuführen. Dr. H. wendet sich mit aller Entschiedenheit dagegen in der gleichgeschlechtlichen Veranlagung als solcher auch nur einen Entschuldigungsgrund für einen so verbrecherischen Giftmord zu erblicken. Es sei ein tragisches Verhängnis, daß der Vater der Angeklagten Link, die nicht zur Ehe und Mutterschaft taugte, zweimal dem Mann zurückführte: die Frau gehört dem Mann. Intelligenzmängel beider Frauen – die Link leide an einer Entwicklungshemmung, Infantilismus, die Bende an einer an Schwachsinn grenzenden Beschränkheit – seien nicht so stark, um ihren freien Willen auszuschließen. Es bleibt dahingestellt, ob die Berichte von der brutalen Behandlung durch die Ehemänner den Tatsachen entsprechen oder nicht. Es scheint sicher zu sein, daß der stark neuropathische Link seine Frau bis zur Selbsterniedrigung liebte; durch die Leere und Kälte seiner Frau scheint er außer Rand und Band geraten zu sein, durch seine Wut steigerte sich ihre Furcht, durch ihren Trotz sein Zorn. Dr. H. weiß aus reichlicher Erfahrung, wie sehr Freundinnen dieser Art imstande sind, Männern das Leben zu vergiften. Ihm schrieb einmal eine solche: »wehe dem Mann, der uns auf dem Ehemarkte ersteht; wir betrügen ihn um sein Lebensglück selbst ohne es zu wollen.« In diesem Straffall aber ist der verbrecherische Schritt von der bildlichen zur wirklichen Vergiftung getan worden. Und der Fachmann sah sich genötigt, darauf hinzuweisen, welche gefährlichen Schlüsse aus dem milden Urteil gezogen werden könnten, ja wie gemeinschädlich es wirken könnte. Er wies auf die Notwendigkeit sexueller Aufklärung, zweitens auf die Wiedereinführung der unüberwindlichen Abneigung als Ehescheidungsgrund: »Ein Staat, der die Grundlage der Eheschließungen gänzlich privatem Ermessen überläßt, handelt nicht folgerichtig, wenn er sich bei Trennung solcher Ehe auf den entgegengesetzten Standpunkt stellt.«

In einer kleinen Studie über den Straffall diskutierte K. B., ein Schüler des eben zitierten Sachverständigen, die Frage: ist der Haß der Frauen nur durch die Rohheit der Männer entstanden und ihre homosexuelle Liebe nur eine Folge der erworbenen Abneigung gegen das andere Geschlecht, oder war die gleichgeschlechtliche Empfindung bei ihnen angeborene Anlage und somit der eigentliche Grund der ehelichen Disharmonie? Die Link habe, was zu glauben sei, vor der Ehe nicht mit Männern verkehrt, habe ihren Spaß gehabt sie anzulocken und sitzen zu lassen. Sie ließ sich als Soldat photographieren; ihr Körperbau und ihre Bewegungsart zeigten für homosexuelle Frauen typische Merkmale des männlichen Einschlags. Die Bende war nicht so eindeutig. Und doch zeigten besonders ihre Gesichtszüge und ihre Wesensart viele mehr männliche Merkmale, so daß, zusammen mit der homosexuellen Freundschaft, angeborene Gleichgeschlechtigkeit im höchsten Grade wahrscheinlich sei.

*

Die Strafe wurde an beiden Frauen vollzogen. Die Ehe der Bende wurde wegen beiderseitigen Verschuldens geschieden: bei ihr die Straftat, bei ihm Ehebruch.

Epilog.

Überblicke ich das Ganze, so ist es wie in der Erzählung: »da kam der Wind und riß den Baum um.« Ich weiß nicht, was das für ein Wind war und woher er kam. Das Ganze ist ein Teppich, der aus vielen einzelnen Fetzen besteht, aus Tuch, Seide, auch Metallstücke, Lehmmassen dabei. Gestopft ist er mit Stroh, Draht, Zwirn. An manchen Stellen liegen die Teile lose nebeneinander. Manche Bruchstücke sind mit Leim oder Glas verbunden. Dennoch ist alles lückenlos und trägt den Stempel der Wahrheit. Es ist in unsere Denk- und Fühlformen geworfen. Es hat so sich ereignet; auch die Akteure glauben es. Aber es hat sich auch nicht so ereignet.

Von seelischer Kontinuität, Kausalität, von der Seelenmasse und ihren Ballungen wissen wir nichts. Man muß die Tatsachen dieses Falles, die Briefe, Handlungen hinnehmen und es sich planmäßig versagen, sie wirklich zu erläutern. Nicht einmal dann, wenn man hier und da noch stärker in die Tiefe ginge, wäre etwas geschehen.

Da sind zuerst die fürchterlich unklaren Worte, die man gebrauchen muß, um solche Vorgänge oder Zusammenhänge zu beschreiben. Auf Schritt und Tritt Verwaschenes, oft handgreiflich Kindisches. Die summarischen dummen Worte für die Beschreibung innerer Vorgänge: Neigung, Abneigung, Abscheu, Liebe, Rachegefühl. Ein Mischmasch, ein Durcheinander, für die elementare praktische Verständigung gemacht. Man hat hier Flaschen etikettiert, ohne ihren Inhalt zu prüfen. Link faßt eine Neigung zu der munteren kindlichen Elli: was verändert sich da eigentlich in ihm, wie setzt die Veränderung ein, wie verläuft sie, und was ist ihr Ende. Ein ganzes Konvolut von Tatsachen wird mit dem bequemen Wort Neigung weniger bezeichnet, als übersehen. Denn das Gefährliche solcher Worte ist immer, daß man mit ihnen zu erkennen glaubt; dadurch versperren sie den Zugang zu den Tatsachen. Kein Chemiker würde mit solchen unreinen Stoffen arbeiten. Zeitungsberichte und Romane, die solche Lebensabläufe hinstellen, haben, indem man sie oft hörte, viel dazu beigetragen, daß man sich mit solchen leeren Worten begnügt. Die meisten Seelendeutungen sind nichts als Romandichtungen.

Psychischer Zusammenhang oder gar Kausalität, wie soll man sich das denken? Mit dem Kausalitätsprinzip frisiert man. Zuerst weiß man, dann wendet man die Psychologie an. Die Unordnung ist da ein besseres Wissen als die Ordnung.

Wer bildet sich nun ein, die eigentlichen Motore solcher Fälle zu kennen? Ich hatte, als ich über die drei, vier Menschen dieser Affäre nachdachte, das Verlangen, die Straßen zu gehen, die sie gewöhnlich gingen. Ich habe auch in der Kneipe gesessen, in der die beiden Frauen sich kennenlernten, habe die Wohnung der einen betreten, sie selbst gesprochen, Beteiligte gesprochen und beobachtet. Ich war nicht auf billige Milieustudien aus. Mir war nur klar: das Leben oder der Lebensabschnitt eines einzelnen Menschen ist für sich nicht zu verstehen. Die Menschen stehen mit anderen und auch mit anderen Wesen in Symbiose. Berühren sich, nähern sich, wachsen aneinander. Dies ist schon eine Realität: die Symbiose mit den anderen und auch mit den Wohnungen, Häusern, Straßen, Plätzen. Dies ist mir eine sichere, wenn auch dunkle Wahrheit. Greife ich einen einzelnen Menschen heraus, so ist es, als wenn ich ein Blatt oder ein Fingerglied betrachte und seine Natur und Entwicklung beschreiben will. Aber sie sind gar nicht so zu beschreiben; der Ast, der Baum, oder die Hand und das Tier muß mitbeschrieben werden.

Was wirkt dann, was entwickelt sich alles über den einzelnen hinaus. Verblüffend sind die Statistiken. Die Welle der Selbstmorde bewegt sich jedes Jahr gleichmäßig auf und ab. Es gibt da einige große Regeln. In den Regeln tritt hervor eine Kraft, eine Wesenheit; der einzelne merkt die Kraft, die Regel nicht, aber er führt sie aus.

Wie sonderbar ist das einfache Faktum: der Mensch ist jung und er hat bestimmte Triebe; er wird älter und er bekommt andere. Das geht dem einen wie dem anderen so. Und jeder empfindet sein Jungsein und seine Liebe als seine Privatsache und glaubt sein Ich zu exekutieren. Man könnte keinen Menschen verstehen, wenn nicht einer wie der andere wäre, das heißt: keiner wie er selbst. Da wird schon ein allgemeiner wirklicher Motor sichtbar: das Lebensalter, die Menschenart selbst. Er bestimmt in dieser oder jener Art Lebensäußerungen. Er ist der Motor und nichts anderes.

Wenn der trübe Link Elli ansieht und Neigung zu ihr faßt, was reagiert da im Einzelnen, Speziellen? Wann treten Menschen in Berührung und welche mit welchen? Wenn ich vom Weltlauf im Großen, Ganzen absehe. Was an ihren Stoffen, an bestimmten einzelnen oder an ihrem Gesamtorganismus verlangt zum anderen, und was ist bei der Verbindung erreicht und wie weit geht die Verbindung? Die allgemeine Chemie macht sich sehr konkrete Vorstellungen über die Art und den Grad der Wirkung von Stoffen aufeinander. Es gibt das Gesetz der Massenwirkungen, eine Affinitätslehre, spezifische Affinitätskoeffizienten. Reaktionen verlaufen mit sehr verschiedener Geschwindigkeit, die genau festgestellt wird; die Stoffe werden unter bestimmten Bedingungen aktiv; genau studierte Gleichgewichte stellen sich her. Hier sind sauber Stoffe und ihre Verhaltungsweise zueinander studiert; alle Einflüsse werden festgestellt. Diese Methode ist gut. Übrigens, was da festgestellt wird, ist nicht belanglos für das, was im Organischen abläuft. Um unsere Dinge zu zergliedern, muß man auch hier hingehen, zu den nicht organisierten Stoffen und den allgemeinen Kräften. Denn wir unterliegen ihnen auch und es sind dieselben, die sich in der Natur, im Reagenzglas, im Versuchskolben und in uns auswirken, die wir sind.

Wirkliche Motore unserer Handlungen kann die Tierkunde bloßlegen. Die größte Masse unserer Seele wird von Instinkten gestellt. Die Zergliederung der Instinkte, ihre Bloßlegung bringt Motore, ganz entscheidende, unserer Handlungen zutage.

Darüber hinaus liegen sehr entfernte und unkenntliche Motore. Man kann in manche menschliche Organe schneiden, ohne daß wir es merken; diese Organe sind empfindungslos. Große Geschwülste wachsen völlig unbemerkt im Menschen. Ein Kind ist übellaunig, nämlich nicht ausgeschlafen; aber es begründet seine Laune damit: ein anderes Kind habe es geschlagen. So können Kugeln aus dem Unsichtbaren auf uns treffen, uns verändern und wir merken nur die Veränderung, nicht den eigentlichen Motor, das Wirksame, die Kugel; in uns verläuft dann alles kausal. Da wir auf den Schlag auf unsere Art reagieren, glauben wir im Zusammenhang mit »uns« zu sein.

Dies sind die entfernten, noch unkenntlichen Motore unserer Handlungen. Sie sind durchaus so, wie Elli zeigt: sie spielt mit Männern und weiß nicht, warum sie nur spielt. Da motiviert der so und so gestaltete Eierstock, da ein noch ganz dunkler parapsychischer Einfluß oder eine Gruppe solcher Einflüsse, da ein Komplex des Weltlaufs. Und da ist es nicht der Mensch, der sich darstellt und entwickelt, sondern eine breitere oder engere Weltmasse.

Die Schwierigkeiten des Falles wollte ich zeigen, den Eindruck verwischen, als verstünde man alles oder das meiste an solchem massiven Stück Leben. Wir verstehen es, in einer bestimmten Ebene.

Zu Ellis Handschrift.

(Dezember 1922, Untersuchungshaft.) Augenblickseinflüsse: sie ist abgelenkt (verschreibt sich Zeile 4 »daß« statt »doch«, schreibt Buchstaben nicht fertig), wölbt mutlos die Grundstriche nach rechts. – Die Schrift im allgemeinen ungeistig, linear mager und arm, nüchtern, sachlich. Die Zeilenrichtung wird, trotz Okkupation, innegehalten, auch der Linksrand; die Buchstaben werden aneinandergedrängt, die Schrift ist klein: ein haushälterischer, ordentlicher, kleinbürgerlicher Mensch. – Er ist unscheinbar, ohne rechtes Selbstgefühl, vielleicht mit Eigensinn, Trotz (siehe auch »Termin«, Zeile 3, mit seinem Oberbogen).

Ein verschlossenes Wesen (siehe die Arkadenbildung bei der Bindung der Buchstaben »n« und »m« in »ich«, »auch« Zeile 1, das Zuriegeln der Vokale a und o, der abwärts gedrehte U-Bogen). Die Schriftlage von mäßiger Linksschräge bis zum Steilen zeigt das schwache Gefühl an, Vorwiegen des Verstandes, die innere Kühle. Dabei Triebhaftigkeit, Hingabe an den Eindruck, Neigung zum Genuß ohne seelische Zentrierung (die geringe Schärfe der Schrift, ihre Teigigkeit). – Im wesentlichen Kühle, Nüchternheit, Verschlossenheit, dahinter ungeregelte Triebhaftigkeit, Entflammbarkeit, alles gedeckt durch kleinbürgerliche Haltung. –

ausreißen, ich werde auch nun nichts gefragt, ihr selbst denkt ja ich sitze hier gebunden, ihr hättet mir wenigstens bescheid schreiben können, ehe die Sachen zu der Alten geschickt wurden, ihr hättet den Termin dort abwarten können, darauf ankommen lassen, ihr könnt doch wenigstens meine Sachen in Aufbewahrung nehmen, geklagt hätte können, wenn ich frei war, die Alte sucht schon Grund um mich zu belasten, aber fehlt ein Wort, dann

Zu Margaretes Handschrift.

(Datum unbekannt, Untersuchungshaft.) Kein so starker Hafteinfluß. Die Schrift im ganzen enorm unterschieden von Ellis: groß, weit, schräg nach links gelegt, unregelmäßig über den Linksrand verfügend, meist ihn besetzend. Ein Temperament, leidenschaftliches, exaltiertes Wesen. – Starkes Selbstgefühl, Neigung sich in Szene zu setzen. Schlecht disponierend, unfähig zu überblicken und zu ordnen unter der Vorherrschaft des Gefühls. Dabei nicht eigentlich Mitgefühl, Weiche (siehe die doppelten Winkel in den »n« und »m«), eher Egoismus (Neigung zu rechtsläufigen Abbiegungen). Die Offenheit größer als Ellis, aber auch nicht erheblich. Wenig Energie und Zielsicherheit; leichtes Erlahmen und Wiederaufrichten (gewölbte Zeilenführung in Zeile 3). Größere innere Einheitlichkeit als Elli; die Worte fließend, gebunden; gegen Ellis Sprunghaftigkeit hier Zusammenhang, Kontinuität, ja Haftenbleiben. – Die große heftige Schrift mit ihrer selbstsicheren Art, daneben das leichte Erlahmen, die mangelhafte Fähigkeit zu berechnen, deutet auf Überkompensation, Dekorieren: sie gibt sich überkräftig, sicher, ist schwächlich. –

Ellis Handschrift beunruhigender, gefährlicher trotz ihrer sauberen bürgerlichen Haltung. Margarete gesellig und schwach trotz des brüsken impulsiven Auftretens. –

denn oft eine fürchtbare drückende Angst
überwältigte. Dann bin ich auch oft im Schlaf
mit der Bahn gefahren, dann bin ich oft auf
grünen Wiesen mit vielen Blumen gelaufen
und auch manchmal Wasser Schnee gesehen, und
bin
~~habe~~ oft mit unserm Hund spazieren gegangen
Zu meiner großen Überraschung kann ich mich auch
heute entsinnen daß ich meine ersten Träume.

RÄUMLICHE DARSTELLUNG DER SEELENVERÄNDERUNG

Elli Links, Links und Margarete Bendes

vom November 1919 bis Mai 1922 in 17 Phasen

PHASE 1

ELLI

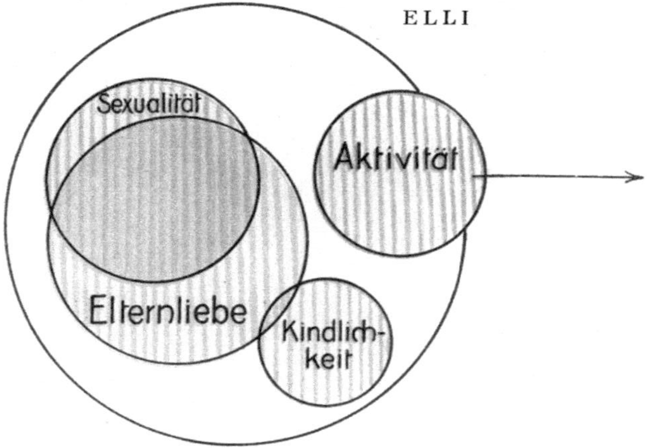

NOVEMBER 1919: ELLI BEGEGNET LINK.

1. Sexualität, fast völlig gebunden oder eingelagert in die Anhänglichkeit an die Eltern und die Familie.
2. Anhänglichkeit an Eltern und Familie. 1 und 2 sehr zentral und fest.
3. Harmloses liebenswürdiges Wesen, kindlich.
4. Aktivität, männlicher Freiheits- und Ungebundenheitssinn. 3 und 4 peripher.

LINK

1. Alte tiefe Grundverstimmung, an die Peripherie und Außenseite dringend.
2. Perverse Sexualität, mit der Grundverstimmung verbunden; Sadismus, Autosadismus, Selbstzerstörungstrieb. 2 versteckt aber kräftig.
3. Normale Sexualität, nach Objekten suchend, schwach entwickelt.

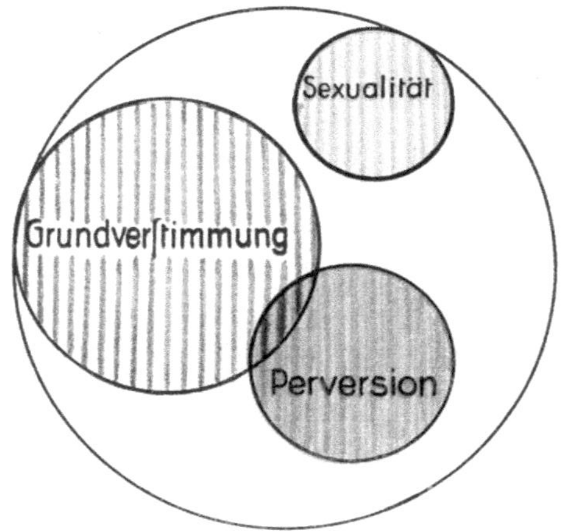

PHASE 2

ELLI

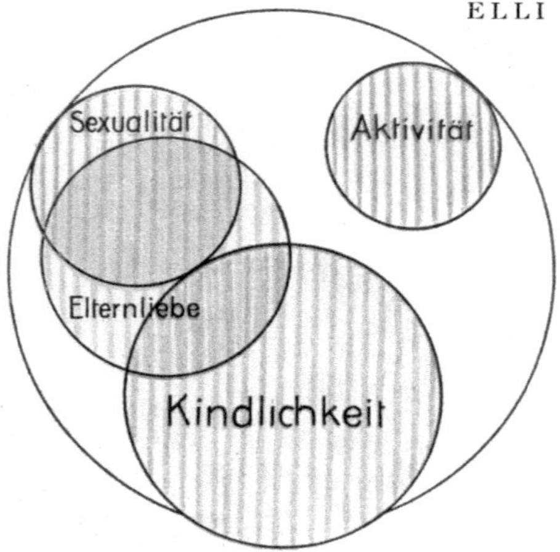

ANFANG 1920: ANNÄHERUNG DER BEIDEN.

1. } Unverändert.
2. }
3. Liebenswürdiges kindliches, spielerisches Wesen bei Links Annäherung gesteigert.
4. Zurücktreten der Aktivität.

LINK

1. Grundverstimmung bei Ellis spielerischer Annäherung wachsend und nach Heilung, Neutralisation, dringend, peripher hervortretend.
2. Zurücktreten, Schwächung der perversen Antriebe.
3. Aufsteigen der durch Ellis Annäherung hin sich kräftigenden Normalsexualität.

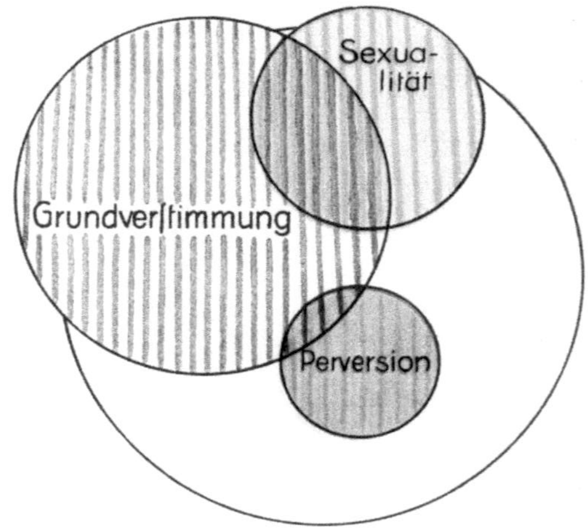

PHASE 3

ELLI

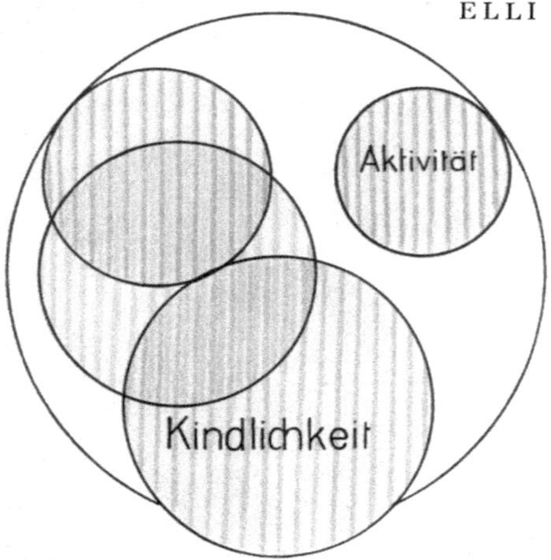

1. HÄLFTE 1920: WEITERE ANNÄHERUNG DER BEIDEN.

1. } Unverändert.
2. }
3. Weitere Verstärkung des liebenswürdig spielerischen Wesens, zu seiner Anlockung.
4. Aktivität, männlicher Art, unverändert zurückgetreten.

LINK

1. Grundverstimmung, an Ellis harmlos spielerischer Art abnehmend.
2. Weitere Schwächung der perversen Antriebe.
3. Normalsexualität überlagert zu einem großen Teil die Grundverstimmung, sucht die Verstimmung zu verdrängen.

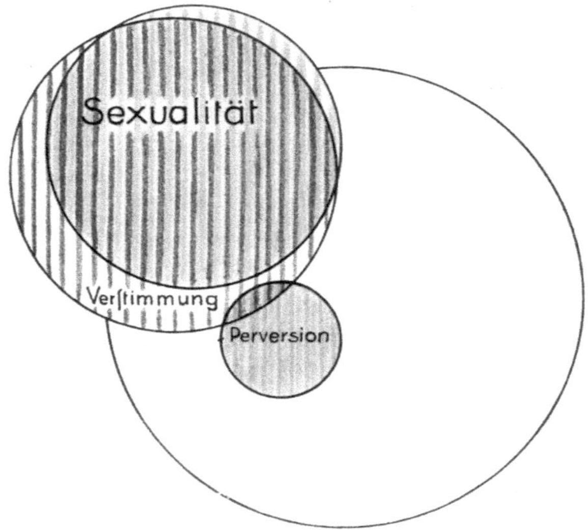

PHASE 4

ELLI

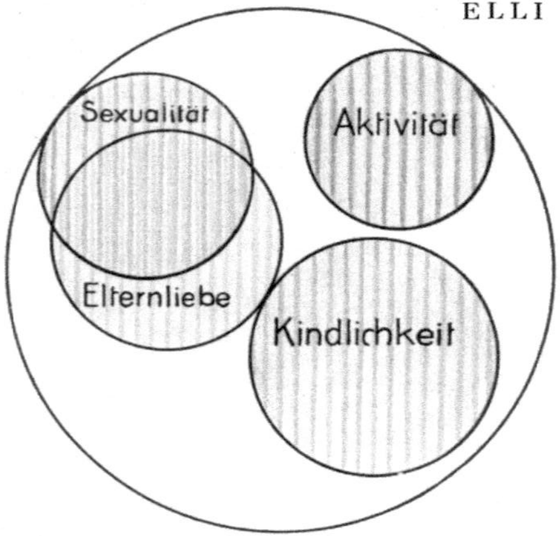

ENDE 1920: BEGINN DER EHE.

1. }
2. } Unverändert.
3. Spielerisches Wesen und Anlockung, furchtsam zurückweichend vor seiner angreifenden Normalsexualität.
4. Unverändert.

LINK

1. Grundverstimmung zurückgebildet, zugleich durch die Normalsexualität überwachsen, welche bei Elli vergebens nach einer Gegengruppe sucht.
2. Perverse Antriebe sehr geschwächt im Hintergrund.
3. Enorm stark angewachsene und die Peripherie überschreitende, suchende Normalsexualität.

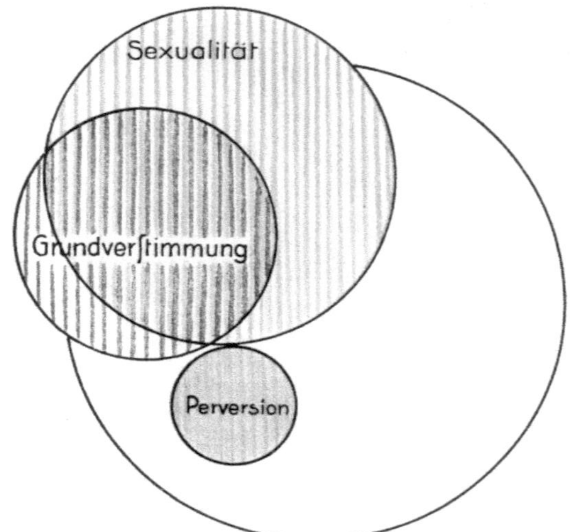

PHASE 5

ELLI

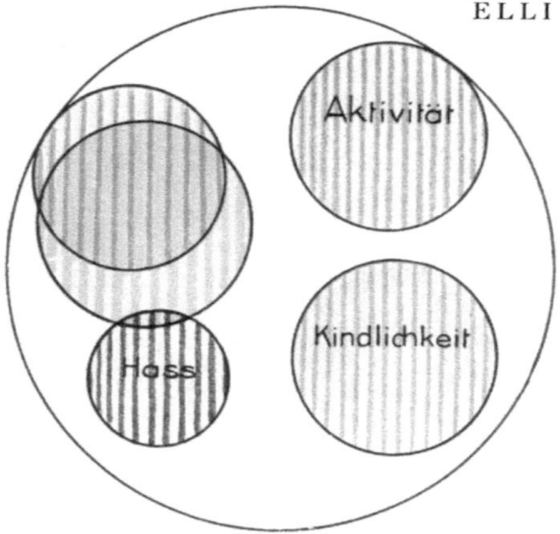

ANFANG 1921: BEGINNENDE SPANNUNG.

1. } Unverändert.
2. }
3. Zurücktreten und Abnahme der kindlich spielerischen Art.
4. Anwachsen der wegtreibenden Aktivität.
5. Neubildung einer Haßgruppe zur Abwehr und Sicherung vor der zentralen Gruppe.

LINK

1. Grundverstimmung mehr nach innen zurückgetreten.
2. Perverse Antriebe angesichts des Zurückweichens Elli in der Tiefe anwachsend.
3. Zurücktreten und Abschwächung der Normalsexualität, die keine Gegengruppe, kein Objekt fand.

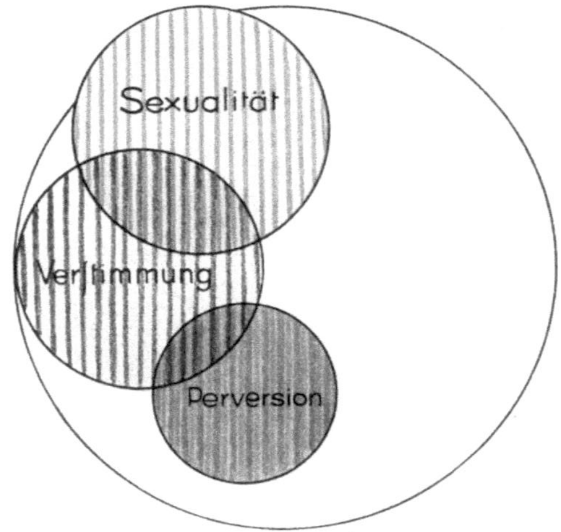

PHASE 6

ELLI

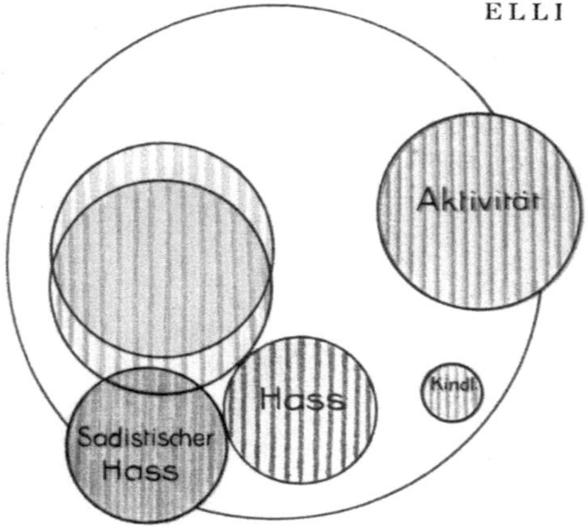

1. VIERTEL 1921: ZUNAHME DER SPANNUNG.

1. } Spalten zum Abfangen von Links Sexualität eine sa-
2. } distische Haßgruppe ab.
3. Verkümmern der kindlichen Art.
4. Aufdrängen der Aktivität, Hervortreten.
5. Die schützende Haßgruppe neben der neuen ,sadistisch zugreifenden Haßgruppe.

LINK

1. Wieder Hervortreten der alten Grundverstimmung.
2. Heftiges Wachsen der perversen Antriebe; sie speisen die Grundverstimmung.
3. Weiteres Zurücktreten und Verkümmern der Normalsexualität.

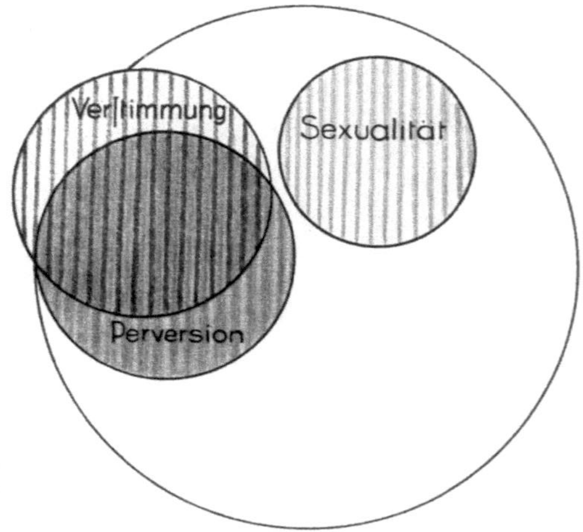

PHASE 7

ELLI

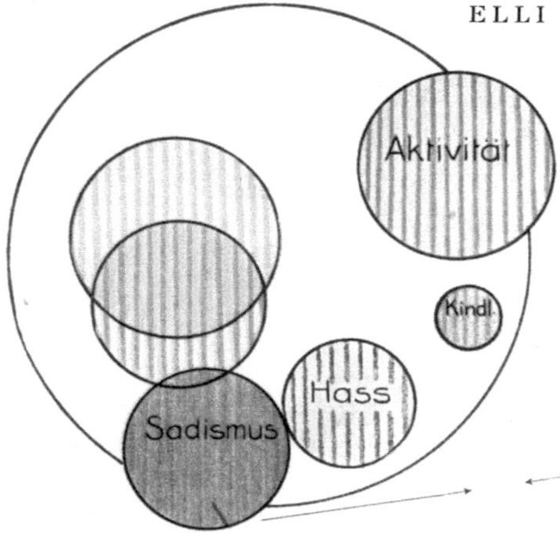

2. VIERTEL: HÄUFIGER STREIT, HASS ZWISCHEN BEIDEN. — ELLIS ERSTE FLUCHT IM JUNI.

1., 2. Unverändert.

1a. Ansteigende sadistische Sexualitätsgruppe tritt peripher hervor, sie steigert die gegenüberliegende entsprechende Links.

3., 4., 5. Unverändert.

LINK

1. Grundverstimmung an der Oberfläche, aber etwas zur Seite gedrängt von 2.
2. Die perversen sadistisch autosadistischen Antriebe mit Ellis in Verschränkung und in der Tendenz auf Zunahme.
3. Unverändert.

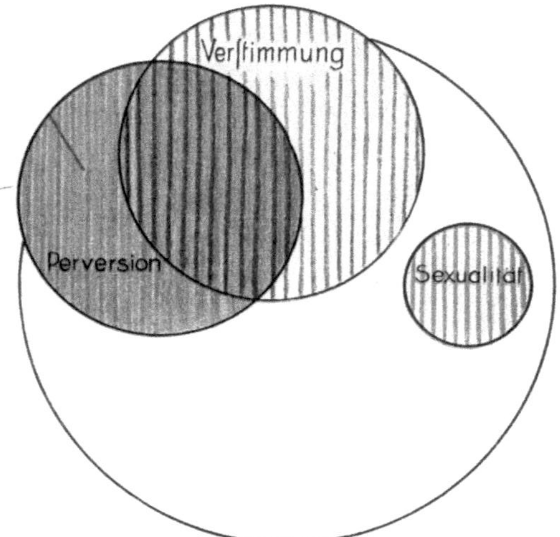

PHASE 8

ELLI

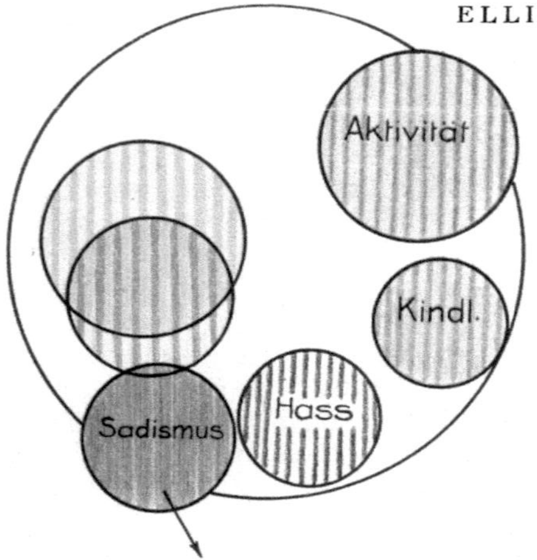

AUGUST 1921: BEGEGNUNG VON ELLI MIT MARGARETE BENDE.

1. 2. } Unverändert.
3. Die kindlich harmlose Art angesichts der Bende verstärkt.
4. 5. 1a. } Unverändert.

MARGARETE BENDE

1. Trüber, ungeformter, richtungsloser Gefühlsüberschwang, nicht abgesättigt.
2. Anhänglichkeit an die Mutter.
3. Normalsexualität gut entwickelt, nur teilweise vom Ehemann gebunden.
4. Einfacher Haß in Richtung auf den Ehemann, infolge der mangelhaften Absättigung der Gefühlsmasse und geringen Bindung der Sexualität.

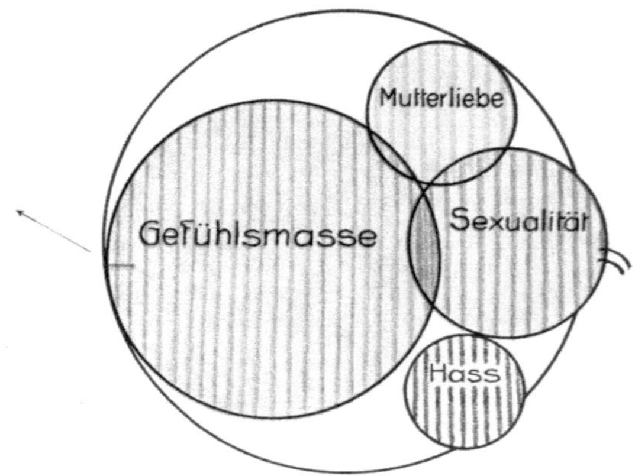

PHASE 9

ELLI

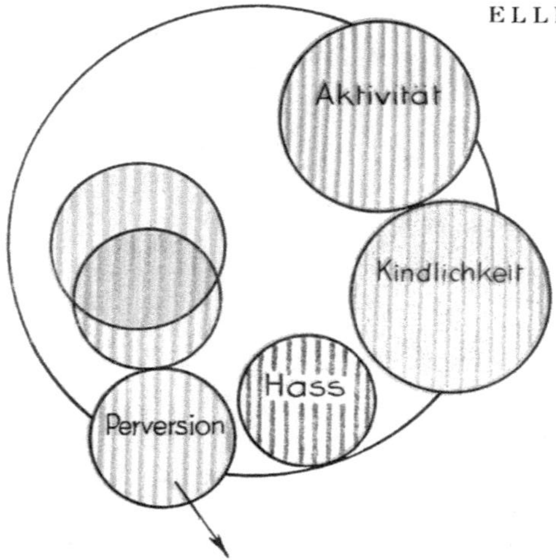

2. HÄLFTE 1921: ENTWICKLUNG DER BEZIEHUNG ZWISCHEN BEIDEN FRAUEN.

1.
2. } Unverändert.
1a.
3. Weiteres Anwachsen der spielerisch kindlichen Art, als Lockung.
4. Aktivität, die männliche Art betonend, gegen die Bende verstärkt.
5. Unverändert.

MARGARETE BENDE

1. Trübe Gefühlsmasse, unter Ellis Lockung in Bewegung auf die Peripherie.
2. Unverändert.
3. Nachlaß der sexuellen Bindung an den Ehemann.
4. Unverändert.

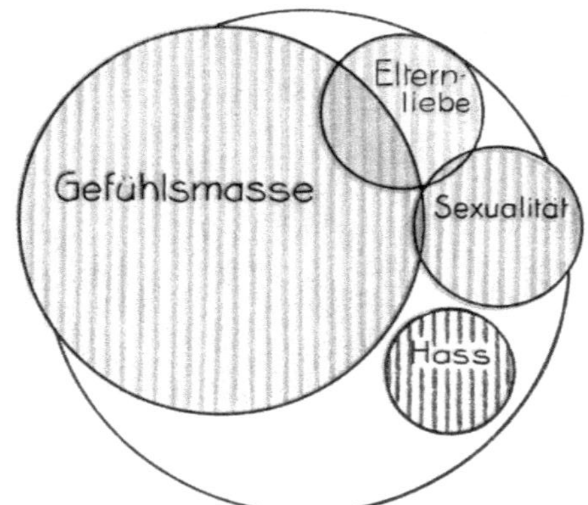

PHASE 10

ELLI

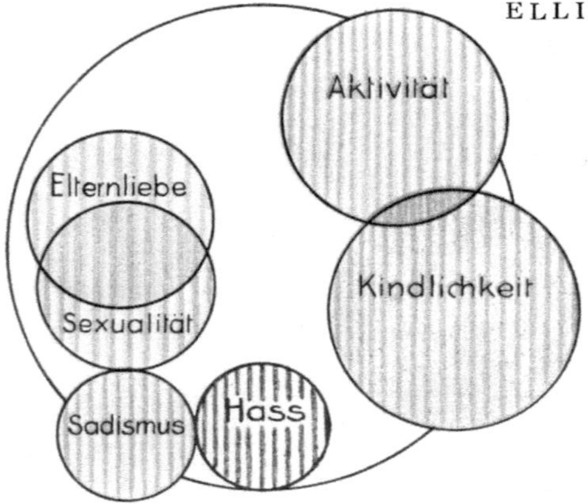

2. HÄLFTE 1921: WEITERE ENTWICKLUNG DIESER BEZIEHUNGEN.

1. }
2. } Unverändert.
1a. }
3. Mächtiges Anschwellen der spielerisch lockenden Impulse.
4. Anschwellen der männlichen Aktivität.
5. Unverändert.

MARGARETE BENDE

1. Weitere zentrifugale Bewegung der umgeformten Gefühlsmasse auf Ellis Lockung hin.
2. }
3. } Unverändert.
4a. }
3a. Abspaltung eines gleichgeschlechtlichen Liebesgefühls aus der Sexualität und der Gefühlsmasse.

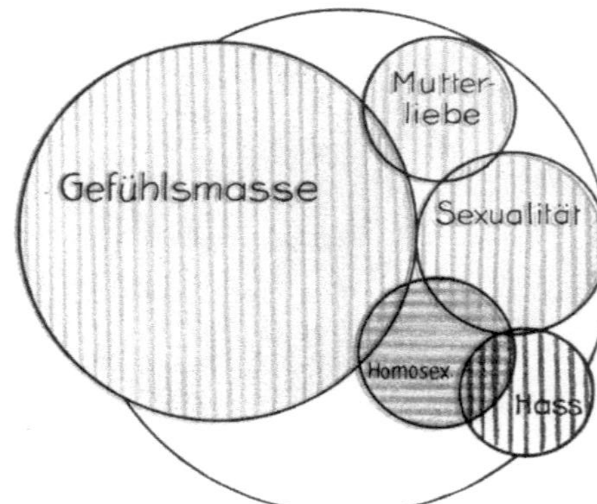

PHASE 11

ELLI

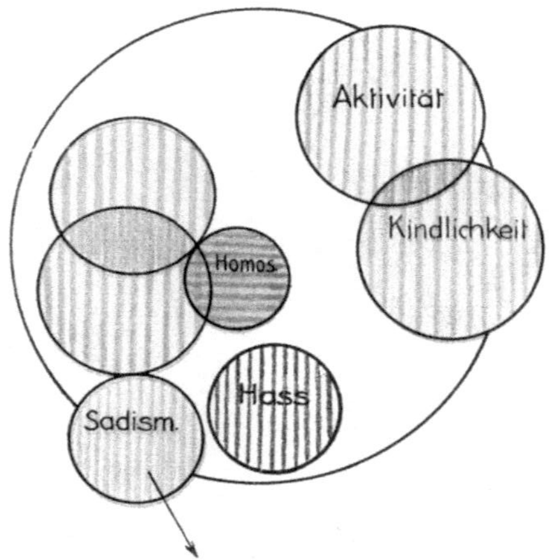

MARGARETE BENDE

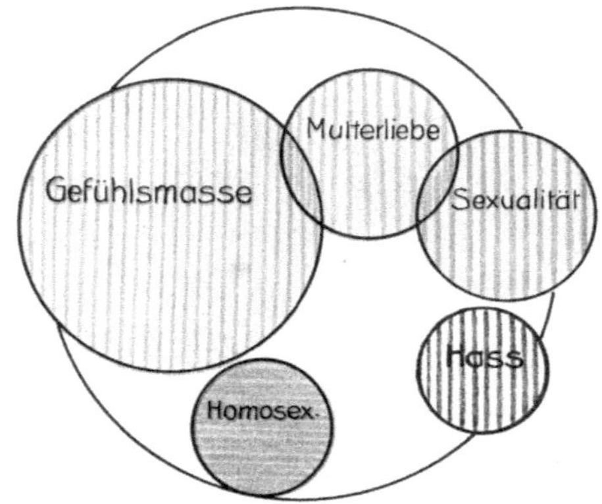

2. HÄLFTE 1921: AUSBILDUNG DER GLEICHGESCHLECHTLICHEN LIEBE ZWISCHEN DEN BEIDEN FRAUEN.

1b. Abspaltung eines gleichgeschlechtlichen Impulses aus der im übrigen zentral gebundenen Sexualität.

3a. Wandern des neugebildeten gleichgeschlechtlichen Gefühls an die Peripherie.

PHASE 12

ELLI

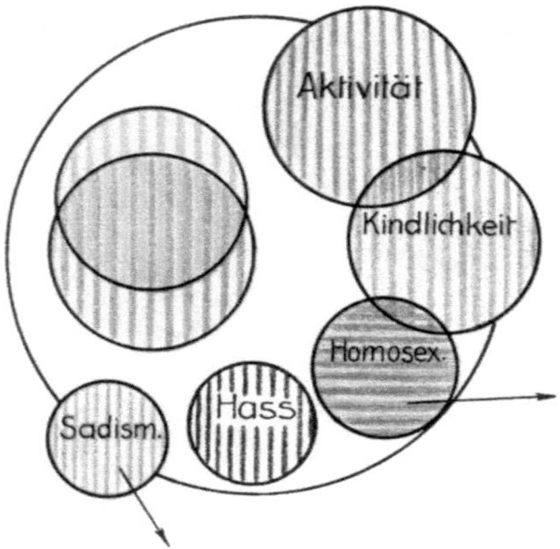

MARGARETE BENDE

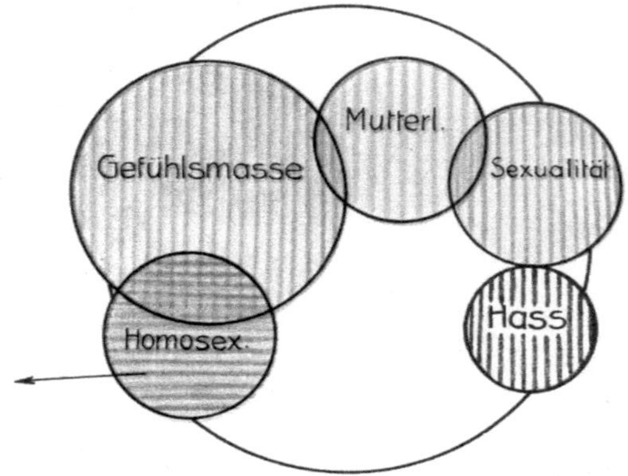

2. HÄLFTE 1921: WEITERE AUSBILDUNG DIESER LIEBE.

1b. Wandern des neugebildeten abgespaltenen gleichgeschlechtlichen Gefühls gegen die Peripherie, auf das der Bende zu.

3a. Das gleichgeschlechtliche Gefühl stark gewachsen, mit der trüben Gefühlsmasse verbunden und von ihr genährt, stößt über die Peripherie.

PHASE 13

ELLI

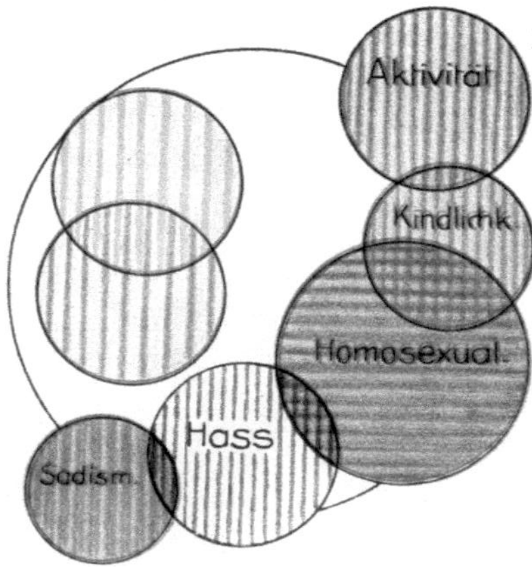

ENDE 1921: VERSTÄRKTE AUSBILDUNG DES HASSES GEGEN DIE MÄNNER.

3. Zurücktreten der harmlos lockenden Art.
4. Wachsen der männlichen Aktivität.
5. Wachsen der Haßgruppe gegen Link.
1b. Rasches Aufschießen des gleichgeschlechtlichen Gefühls an die Peripherie.

MARGARETE BENDE

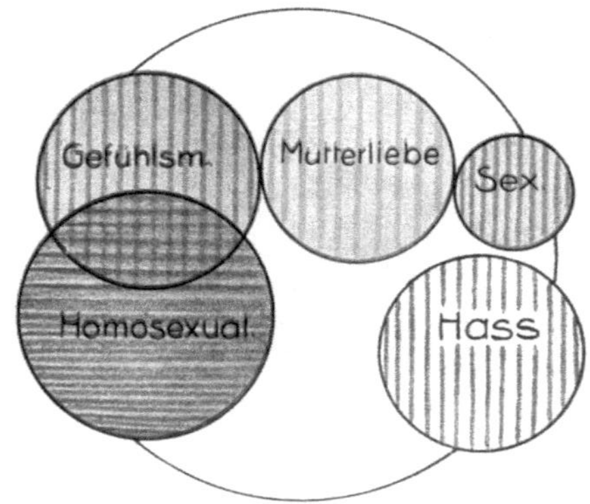

1. Abnehmen der Gefühlsmasse zu Gunsten der gleichgeschlechtlichen Gruppe.
4. Entwicklung des Hasses gegen den Ehemann, bei Fortdauer der sexuellen Bindung.

LINK

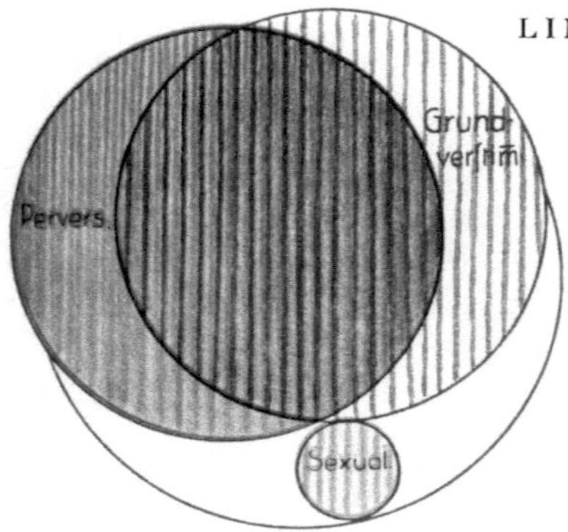

1. Grundverstimmung
Sadistische Perversion } In fast gleichmäßigem Wachstum.
Atrophie der Normalsexualität.

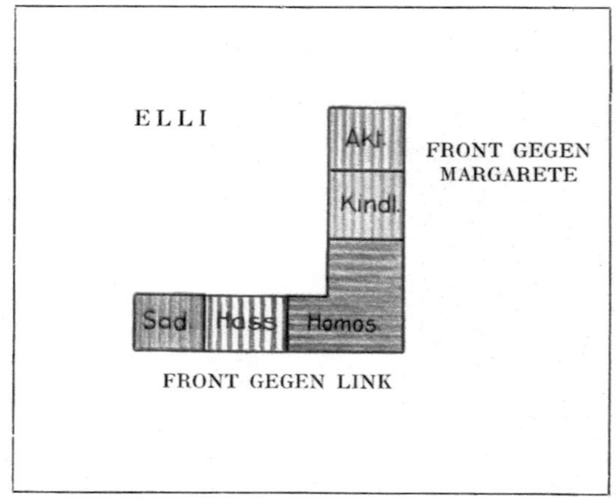

PHASE 14

ELLI

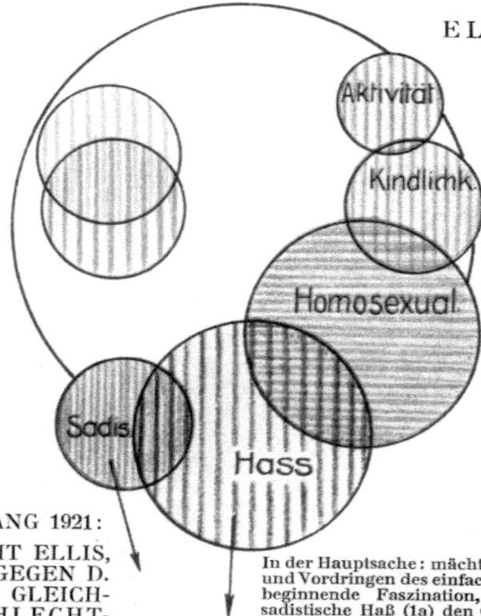

ANFANG 1921:

FLUCHT ELLIS, HASS GEGEN D. MANN, GLEICHGESCHLECHTLICHE LIEBE.

In der Hauptsache: mächtige Verstärkung und Vordringen des einfachen Haßtriebes, beginnende Faszination, während der sadistische Haß (1a) den Gegner festhält. Mäßiges Weiterwachsen des gleichgeschlechtlichen Gefühls.

MARGARETE BENDE

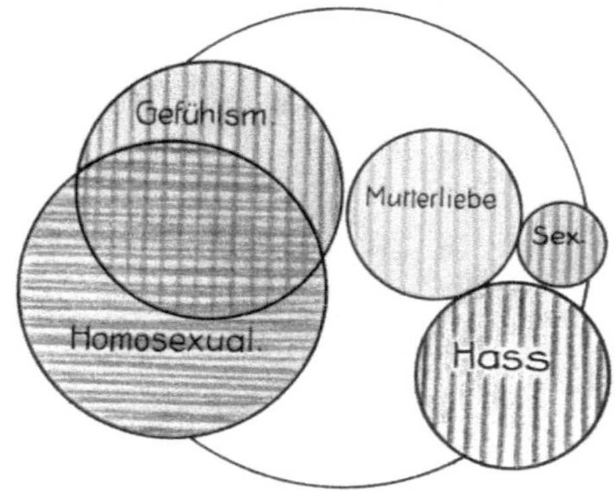

Wachsen des gleichgeschlechtlichen Triebes, der sich durch die anhängende Gefühlsmasse und vor der entgegenstehenden männlichen Art der Elli weiblich färbt.

PHASE 15

ELLI

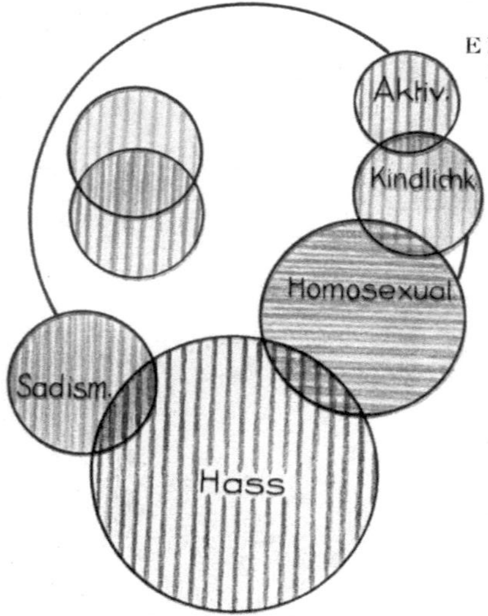

1. VIERTEL 1922: ELLI ZURÜCKGEZWUNGEN ZU LINK. BEGINN DES GIFTMORDES.

Sonst ziemlich stationär. Der Haßtrieb in stärkstem Vorstoß unter dem Reiz des gegenüberstehenden sadistischen Hasses des Link. (Ausgebildete Faszination, Mordausführung.)

MARGARETE BENDE

Weiteres Wachstum des gleichgeschlechtlichen Triebes durch Aufsaugen der umgeformten Gefühlsmasse.

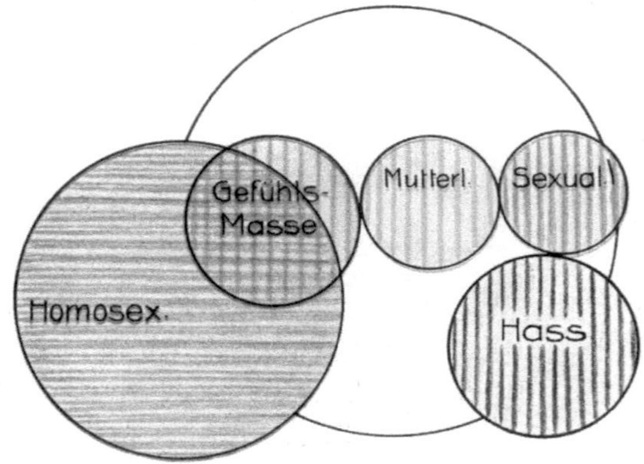

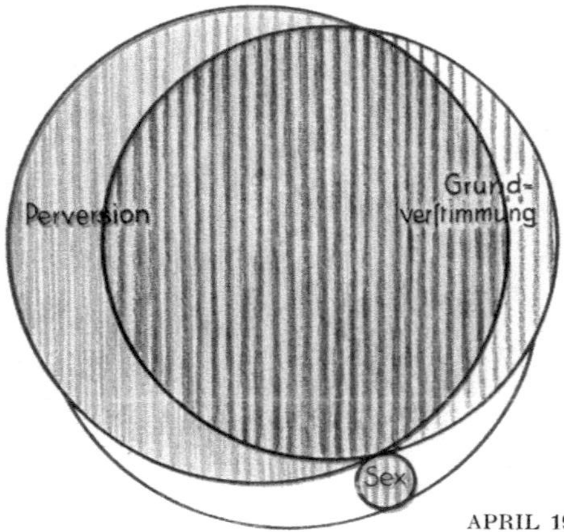

LINK

Sein letztes Stadium. Der sadistische Haß gegen Elli und ihn selbst gerichtet. Die ganze Seelenenergie aufnehmend. Die Grundverstimmung färbt diesen Trieb.

Link von Elli chemisch vergiftet, erliegt zugleich einer seelischen Selbstvergiftung.

APRIL 1922: DIE BEIDEN BEI LINKS TOD.

PHASE 16

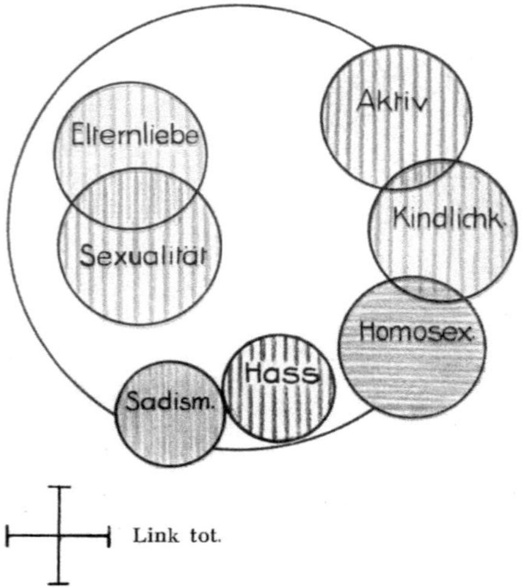

Link tot.

ELLI

Zurücktreten d. sadistischen Haßtriebe nach Links Tod. Zurücktreten und Schrumpfen d. einfachen Hasses. Nachlaß d. gleichgeschlechtlich. Gefühls infolge Nachlaß der allgemeinen Spannung. Wachsen der Aktivität u. harmlose Munterkeit.

MARGARETE BENDE

Nach Links Tod ungehemmtes Wachstum des gleichgeschlechtlichen Triebes.

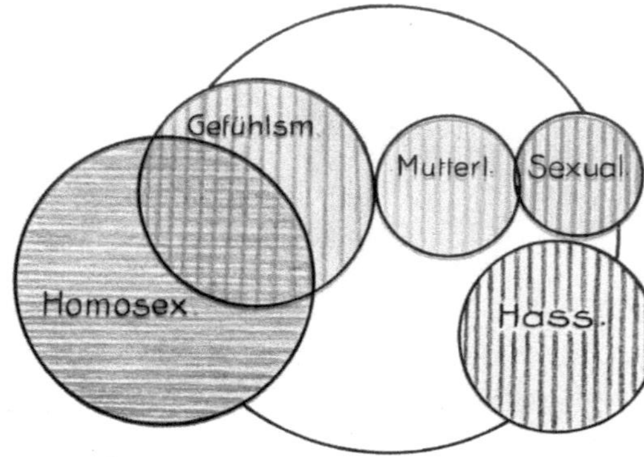

PHASE 17

ELLI

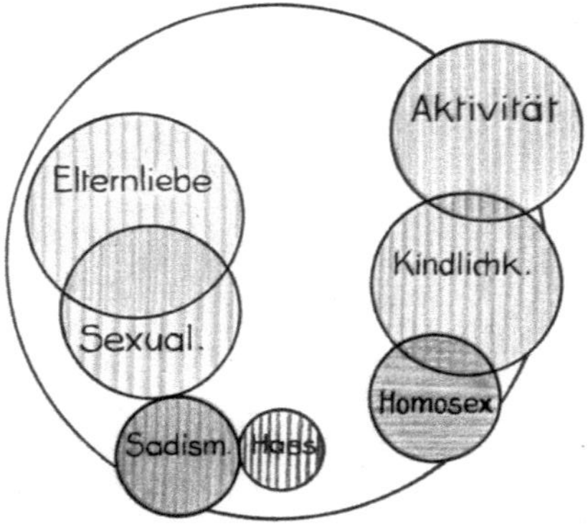

MARGARETE BENDE

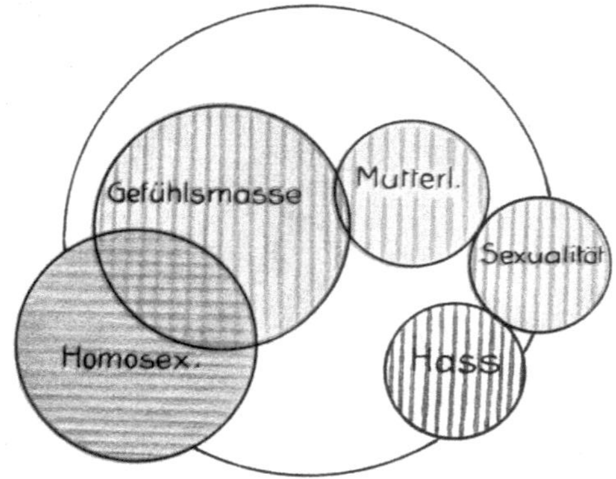

MAI 1922 UND SPÄTER: DIE FRAUEN NACH DEM TODE LINKS ZUEINANDER.

Im Ganzen Tendenz auf den seelischen Anfangszustand zurück. — Zurücktreten und Schrumpfen des gleichgeschlechtlichen Triebes, des sadistischen Hasses, des einfachen Hasses. Noch immer Massierung seelischer Energie in diesen, wenn auch nicht großen Herden.

Unter Ellis Veränderung schwache Tendenz zum alten Zustand zurückzukehren: stärkerer normalsexueller Trieb, Rückgang der gleichgeschlechtlichen wie der größeren ungerichteten Gefühlsmasse.

LINK

AUSBREITUNG DER DREI HAUPTZUSTÄNDE LINKS AUF DIE GESAMTE SEELENMASSE WÄHREND DER 16 PHASEN.

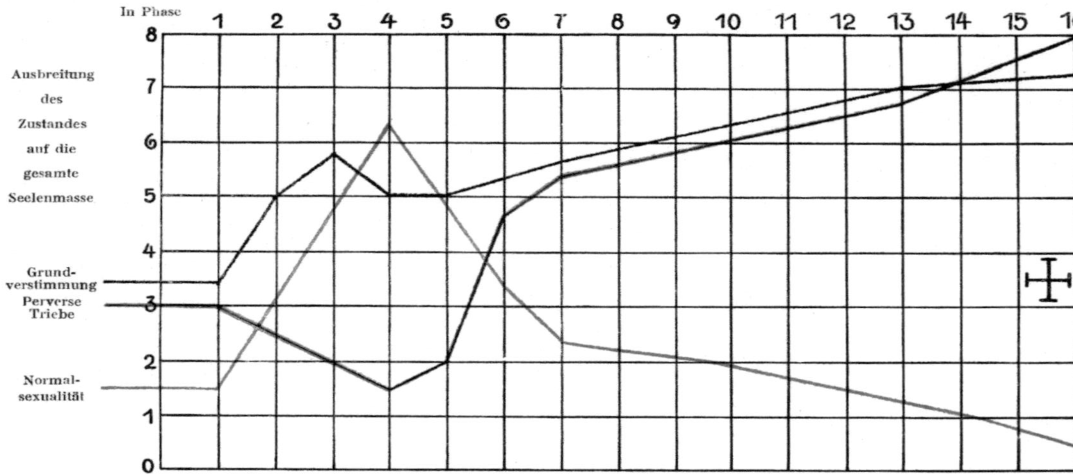

Der (von 1—8 eingeteilte) Grad der Ausbreitung in der Vertikalen. Die Änderung der Ausbreitung während der fixierten 16 Phasen in den Horizontalen (1—16).

ANHANG

Editorische Notiz

Textgrundlage der vorliegenden Ausgabe ist der Band:

Die beiden Freundinnen und ihr Giftmord. Berlin 1924 (= Aussenseiter der Gesellschaft. Die Verbrechen der Gegenwart. Hrsg. von Rudolph Leonhard, Bd. 1).

Die vorliegende Ausgabe enthält erstmals seit 1924 wieder Döblins »Räumliche Darstellung der Seelenveränderung Elli Links, Links und Margarete Bendes« (S. 83–104). Die mehrfarbigen Schaubilder des Erstdrucks sind hier schwarz-weiß abgedruckt.

Daten zu Leben und Werk

10. August 1878: Alfred Döblin wird in Stettin als viertes von fünf Kindern des Schneidermeisters Max Döblin (1846–1921) und seiner Frau Sophie (geborene Freudenheim, 1844–1920) geboren.

1888: Döblins Vater verlässt die Familie; die Mutter zieht mit den Kindern nach Berlin.

1891–1900: Köllnisches Gymnasium in Berlin; 1896 Entstehung des ersten größeren Prosatextes mit dem Titel *Modern. Ein Bild aus der Gegenwart*.

um 1900: Entstehung des ersten (erst postum erschienenen) Romans mit dem Titel *Jagende Rosse*.

1900–1905: Medizinstudium in Berlin und Freiburg i. Br.; parallel dazu Besuch philosophischer Lehrveranstaltungen; Freundschaft mit Herwarth Walden und Else Lasker-Schüler; 1902/03 Entstehung des Romans *Worte und Zufälle* (erst 1919 unter dem Titel *Der schwarze Vorhang* veröffentlicht); 1904/05: Entstehung der Erzählung *Die Ermordung einer Butterblume* (Erstdruck im *Sturm* 1910).

1905: Promotion in Freiburg; Assistenzarzt an der Kreisirrenanstalt Karthaus-Prüll in Regensburg.

1906–1908: Assistenzarzt an der Irrenanstalt der Stadt Berlin in Buch; Beginn einer langjährigen Beziehung zu der Krankenschwester Frieda Kunke (1891–1918); Publikationen in medizinischen Fachzeitschriften.

1908–1911: Assistenzarzt am Städtischen Krankenhaus Am Urban in Berlin; dort lernt Döblin seine spätere Ehefrau, die Medizinstudentin Erna Reiss (1888–1957), kennen; Wohnung im Gertraudenstift am Spittelmarkt.

1910: Mitgründung der Zeitschrift *Der Sturm.*

1911: Kassenpraxis und Wohnung in der Blücherstraße 18 (praktischer Arzt und Geburtshelfer, später Nervenarzt und Internist); Verlobung mit Erna Reiss; Geburt von Döblins und Frieda Kunkes Sohn Bodo Kunke in Berlin; Nachtwachen auf der Unfallstation.

1912: Heirat mit Erna Reiss; Geburt des ersten gemeinsamen Sohnes Peter; Austritt aus der jüdischen Gemeinde; häufige Treffen mit Ernst Ludwig Kirchner.

1914: Ausbruch des Ersten Weltkrieges; Entstehung des Romans *Wadzeks Kampf mit der Dampfturbine*; Döblin wird Autor bei Samuel Fischer (bis 1933).

1915: Militärarzt in Saargemünd bis 1917; Wohnung in der Neunkircherstr. 19; Geburt des Sohnes Wolfgang in Berlin.

1916: Fontane-Preis für den Roman *Die drei Sprünge des Wang-lun*; Entstehung des Romans *Wallenstein.*

1917: Geburt des Sohnes Klaus in Saargemünd; Typhuserkrankung.

1918: Kriegsende und Revolution in Hagenau/Elsass; im November Rückkehr nach Berlin.

1919: Wohnung und Kassenpraxis in der Frankfurter Allee 340 (bis 1931); politische und zeitgeistkritische Glossen unter dem Pseudonym »Linke Poot« in der *Neuen Rundschau.*

1921: Erste Begegnung mit der Fotografin Yolla Niclas (1900–1977); Beginn der Arbeit an *Berge Meere und Giganten.*

1921–1924: Berliner Theaterreferat für das *Prager Tagblatt.*

1923: Als Vertrauensmann der Kleiststiftung verleiht Döblin den Kleistpreis an Wilhelm Lehmann und Robert Musil, Entstehung der Erzählung *Die beiden Freundinnen und ihr Giftmord.*

1924: Vorsitzender des Schutzverbandes Deutscher Schriftsteller, gemeinsam aktiv mit Theodor Heuss; von September bis November Reise durch Polen.

1925: Beteiligung an der »Gruppe 1925«, einem losen Zusammenschluss linksliberaler und kommunistischer Autoren; Begegnung u. a. mit Bertolt Brecht.

1926: Festvortrag zum 70. Geburtstag Sigmund Freuds; nach Inkrafttreten des »Schund- und Schmutzgesetzes« Distanzierung von der SPD; Geburt des jüngsten Sohnes Stefan.

1927: Die epische Dichtung *Manas* wird von Robert Musil enthusiastisch besprochen.

1928: Wahl in die Sektion für Dichtkunst der Preußischen Akademie der Künste; Vortrag *Schriftstellerei und Dichtung*; Festgabe des S. Fischer Verlages zu Döblins 50. Geburtstag: *Alfred Döblin. Im Buch – Zu Haus – Auf der Straße*; Döblin in der Berliner »Funkstunde«; Vortrag *Der Bau des epischen Werks* im Auditorium Maximum der Berliner Universität.

1929: Der Großstadtroman *Berlin Alexanderplatz. Die Geschichte vom Franz Biberkopf* erscheint und wird ein großer Erfolg.

1930: Votum für die Verleihung des Frankfurter Goethe-Preises an Sigmund Freud; Hörspielbearbeitung von *Berlin Alexanderplatz*; Uraufführung des Stücks *Die Ehe* in München im November.

1931: Im Januar Umzug in den Westen Berlins, an den Kaiserdamm 28; Vortragsreise durch das Rheinland; ab Mai »Donnerstagsrunde« in Döblins Wohnung; Mitwirkung am Drehbuch für die Verfilmung von *Berlin Alexanderplatz*; Döblin und Heinrich Mann erstellen ein Lesebuch für Schulen in Preußen (verschollen); Rede in der Berliner Sezession.

1932: Vortragsreise in Deutschland und der Schweiz; Besuch bei dem Psychiater Binswanger in Kreuzlingen und bei Kirchner in Davos; Beginn der Arbeit an dem Roman *Babylonische Wandrung oder Hochmut kommt vor dem Fall.*

28. Februar 1933: Flucht in die Schweiz, die Familie folgt nach Zürich; Döblin kann nicht mehr als Arzt praktizieren; Austritt aus der Preußischen Akademie der Künste; im Mai fallen seine Werke der Bücherverbrennung anheim; im September Übersiedelung nach Paris.

1933–1940: Exil in Frankreich; in den ersten Jahren Mitarbeit in jüdischen Organisationen, Döblin lernt Jiddisch; 1936 erhält er die französische Staatsbürgerschaft.

1934: Wohnung 5 Square Henri Delormel in Paris (bis 1939); Beginn der Niederschrift des autobiographisch fundierten Berlin-Romans *Pardon wird nicht gegeben.*

1935: Der Sohn Peter wandert in die USA aus. Beginn der Arbeit an der *Amazonas*-Trilogie.

1939: Teilnahme Döblins am Kongress des Internationalen PEN-Clubs in New York; nach Kriegsausbruch Mitarbeit im Pariser Informationsministerium an der Propaganda gegen Nazideutschland; Wolfgang und Klaus Döblin als französische Soldaten an der Front.

1940: Flucht durch Frankreich und Spanien, Überfahrt von Lissabon nach Amerika im September; vom Freitod des Sohnes Wolfgang, der sich am 21. Juni in Housseras/Vogesen das Leben nimmt, um nicht in deutsche Kriegsgefangenschaft zu geraten, erfahren die Eltern erst im März 1945.

1940–1945: Döblin lebt mit Frau und Sohn Stefan in Hollywood und arbeitet für ein Jahr als Scriptwriter für Metro-Goldwyn-Mayer, danach Arbeitslosenunterstützung, schließlich Zuwendungen aus dem Writers Fund; *November 1918* wird abgeschlossen.

1941: Alfred, Erna und Stefan Döblin lassen sich in der Blessed Sacrament Church in Hollywood taufen; Wohnung 1347 North-Citrus Avenue (bis 1945).

1943: Festrede Heinrich Manns zu Döblins 65. Geburtstag in Santa Monica, Lesungen aus Döblins Werken, Döblin deutet in einer nicht überlieferten Dankesrede seine religiöse Entwicklung an und stößt damit bei vielen Gästen auf Unverständnis.

1945: Im Oktober Rückkehr nach Paris, Unterkunft bei dem Germanisten Ernest Tonnelat.

9. November 1945: Fahrt über Straßburg nach Baden-Baden, dem Sitz der Militärregierung der französischen Besatzungszone; in deren Auftrag begutachtet Döblin zum Druck vorgelegte Manuskripte; Unterkunft zunächst allein in der Pension Bischoff, Römerplatz 2.

1946: Ende Juni Wohnung in der Schwarzwaldstraße 6 in Baden-Baden mit seiner Frau; Gründung der Zeitschrift *Das Goldene Tor*, deren Schriftleitung er bis zur Einstellung 1951 innehat; verstreute Veröffentlichung einiger im Exil entstandener Werke; im Oktober Beginn der Sendereihe *Kritik der Zeit* im Südwestfunk; Abschluss des Romans *Hamlet oder Die lange Nacht nimmt ein Ende*.

1947: Im Juli erster Berlin-Besuch nach 1933, Vortrag *Unsere Sorge der Mensch* in Berlin-Charlottenburg (auch in Freiburg, Frankfurt, Göttingen); Rede beim Empfang des Schutzverbandes Deutscher Autoren; Döblin gründet den Verband südwestdeutscher Autoren in Lahr.

1948: Im Januar zweiter Berlin-Besuch; die Festschrift *Alfred Döblin zum 70. Geburtstag* erscheint im Limes Verlag.

1949: Mitgründung der Akademie der Wissenschaften und der Literatur in Mainz; im September Ehrengast beim Kongress des Internationalen PEN-Clubs in Venedig; mit der französischen Kulturbehörde Umzug nach Mainz-Gonsenheim, Centre Mangin, Wohnung in der Philippschanze 14; Döblins Bericht über die Emigration erscheint unter dem Titel *Schicksalsreise*.

1950: Verschlechterung des Gesundheitszustandes; Abschluss der Erzählung *Die Pilgerin Aetheria*; Vortrag *Die Dichtung, die Natur und ihre Rolle* in der Mainzer Akademie.

1951: Begründung der Akademie-Reihe *Verschollene und Vergessene*, Auswahl mit Werken von Arno Holz.

1952: Ende September Herzinfarkt, bis Januar 1953 im Mainzer Hildegardishospital; von einer französischen Abfindung und Überweisung des Entschädigungsamtes Berlin Kauf einer kleinen Wohnung in Paris, 31 Boulevard de Grenelle; Beginn der autobiographischen Aufzeichnungen *Journal 1952/53*.

1953: Umzug nach Paris am 29. April; im Juli Wahl zum Ehrenmitglied der Mainzer Akademie.

1954: Verschlimmerung der Parkinson-Krankheit, Aufenthalt in verschiedenen Kliniken und Sanatorien in Baden; Großer Literaturpreis der Mainzer Akademie.

1955: Mai bis Juni stationär im Freiburger Uni-Klinikum, dort Feier seines 50-jährigen Doktorjubiläums, Juni bis September Kurhaus Höchenschwand; Rückkehr nach Paris.

1956: Im März Aufnahme im Sanatorium Wiesneck, Buchenbach bei Freiburg. Der Roman *Hamlet oder Die lange Nacht nimmt ein Ende* erscheint bei Rütten & Loening in Ost-Berlin.

26. Juni 1957: Tod Döblins im Landeskrankenhaus Emmendingen; am 27. Juni wird ihm postum der Literaturpreis der Bayerischen Akademie der Schönen Künste verliehen; am 28. Juni wird er in Frankreich im engsten Familienkreis auf dem Friedhof von Housseras neben seinem Sohn Wolfgang beigesetzt. Freitod Erna Döblins am 15. September in Paris; sie wird ebenfalls in Housseras beigesetzt.

> Überblicke ich das Ganze, so ist es wie in der Erzählung: »da kam der Wind und riß den Baum um.« Ich weiß nicht, was das für ein Wind war und woher er kam. Das Ganze ist ein Teppich, der aus vielen einzelnen Fetzen besteht, aus Tuch, Seide, auch Metallstücke, Lehmmassen dabei. Gestopft ist er mit Stroh, Draht, Zwirn. An manchen Stellen liegen die Teile lose nebeneinander. Manche Bruchstücke sind mit Leim oder Glas verbunden. Dennoch ist alles lückenlos und trägt den Stempel der Wahrheit. Es ist in unsere Denk- und Fühlformen geworfen. Es hat sich so ereignet; auch die Akteure glauben es. Aber es hat sich auch nicht so ereignet. (S. 73)

Der ›Fall‹ Klein/Nebbe

Im März des Jahres 1923 wurde am Landgericht III in Berlin ein Giftmord verhandelt, der schnell zu einem Sensationsprozess wurde, auch weil mit Ausnahme einiger Fachvertreter die Öffentlichkeit wegen ›Unzumutbarkeit der Tatumstände‹ von den Verhandlungen ausgeschlossen war. Die zum Zeitpunkt der Tat gerade 22-jährige Ella (Elli) Johanna Emilia Klein war angeklagt, ihren Ehemann Willi Klein durch die Verabreichung von Arsen vorsätzlich und mit Überlegung getötet zu haben. Darüber hinaus wurde sie in Tatmehrheit der Beihilfe zum versuchten Mord am Ehemann ihrer Freundin Margarete (Grete) Nebbe verdächtigt, die ihrerseits des versuchten Mordes an ihrem Ehemann und zusätzlich der Beihilfe zur Ermordung Kleins angeklagt war. Ihrer 80-jährigen Mutter, Marie Riemer, warf das Gericht zudem »Nichtanzeige eines bevorstehenden Verbrechens« vor (Maiwald 1996, S. 373).

Was war geschehen? Ella und Willi Klein hatten sich im November 1919 in Berlin kennengelernt, wohin Ella, wie wir (auch) von Döblin erfahren, aus Braunschweig gezogen war, um als Friseurin zu arbeiten. Knapp ein Jahr später heiraten sie, doch die Ehe gestaltet sich von Beginn an schwierig. In den Vernehmungen berichtet Ella von körperlichen Misshandlungen und sexuellen Zumutungen ihres Ehemanns; schon nach wenigen Monaten flüchtet sie ein erstes Mal zurück zu ihren Eltern. Vom Vater überredet, kehrt sie im Frühsommer 1920 zu Klein zurück, doch die anfängliche Besserung des Ehelebens ist nur von kurzer Dauer. Im Sommer 1921 lernt Ella über ihren Ehemann die ebenfalls unglücklich verheiratete Margarete Nebbe kennen. Ella wird von ihr und ihrer Mutter wie eine Tochter aufgenommen, die beiden Frauen freunden sich schnell an, und aus der Freundschaft wird bald eine Liebesbeziehung, deren sie sich in täglichen Briefen versichern. Die körperliche und sexuelle Gewalt von Klein bleibt derweil unverändert, so dass Ella ihn im Herbst 1921 ein zweites Mal verlässt, jedoch auf Befehl ihres Vaters wieder nach Berlin zurückkehrt, sich dort zunächst eine eigene Wohnung mietet, von ihrem Vater zurück zu Klein gebracht wird, wieder bei ihm und seiner Mutter einzieht, mit Scheidung und dann mit Selbstmord droht und schließlich der Idee verfällt, ihn zu vergiften, um, wie sie Margarete schreibt, »[...] endlich frei zu sein. Frei, frei, nur frei«.

Wenige Tage später beginnt sie, ein für die Bekämpfung von Ratten vorgesehenes, hochdosiertes Arsen, das damals in jedem Kolonialwarenladen erhältlich war, in sein Essen zu mischen, bis Klein nach schweren Erkrankungen am 1. April 1922 im Lichtenberger Krankenhaus im Berliner Osten stirbt; Ella selbst hatte ihn noch kurz vor seinem Tod ins Krankenhaus gebracht. Nachdem die Ärzte zunächst von einer Alkoholvergiftung ausgegangen waren, veranlasste die Polizei, alarmiert durch eine Anzeige der Mutter Kleins, nachträglich eine Obduktion, die die Vergiftung bewies. Was nun folgte, entsprach dem Hergang jeder polizeilichen Ermittlung: sofortiges Verhör der Witwe und Durchsuchung ihrer Wohnung, Fund und Beschlagnahmung der später im Prozess verlesenen rund 600 Briefe, daraufhin Aufnahme der Ermittlungen gegen Grete Nebbe, Verhör und Durchsuchung ihrer Wohnung und schließlich vier Wochen später ihrer beider Verhaftung wegen des Verdachts auf Mord und Mordversuch. Am 12. März des Folgejahres beginnt der Prozess vor dem Berliner Schwurgericht, dessen Richter nach einer gemessen an heutigen Maßstäben kurzen Verhandlung von fünf Tagen (Maiwald 1996, S. 371), während deren 21 Zeugen und knapp ein Dutzend Sachverständige gehört sowie die insgesamt 600 Briefe verlesen wurden, Ella Klein wegen Totschlags unter mildernden Umständen zu vier Jahren Gefängnis und Margarete Nebbe wegen Totschlags ohne mildernde Umstände zu einem Jahr und sechs Monaten Zuchthaus unter Aberkennung der Bürgerrechte verurteilten. Da die Geschworenen die versuchte Tötung des Ehemanns von Nebbe ebenso wie die Mitwisserschaft von Frau Riemer als nicht erwiesen ansahen, sprach das Gericht die Angeklagten in diesen Punkten frei (Weiler 1998, S. 131–134).

In Berlin war der Prozess gegen die »Gattenmörderinnen«, wie Ella und Grete genannt wurden, bevor die Presse auf den Giftmord einschwenkte, Tagesgespräch. Bereits in den frühen Morgenstunden umlagerten Hunderte von Schaulustigen, unter denen »das weibliche Element überwog«, das Gerichtsgebäude, alle regionalen und mehrere überregionale Zeitungen berichteten mehrmals täglich über den Stand der Verhandlungen, und die Flut der Kommentare riss auch nach der Urteilsverkündung nicht ab. Was aber waren die Gründe für diese mediale Aufmerksamkeit? Der Mord allein konnte es kaum gewesen sein. Zwar waren in den 1920er Jahren Morde, statistisch gesehen, nicht direkt an der Tagesordnung, aber immerhin weist die *Kriminalstatistik des Deutschen Reiches* für das Jahr 1924 reichsweit 235 Morde und 10 Vergiftungen aus (Kriminalstatistik für das Jahr 1924, Berlin 1926, S. 26–30). Lag das Sensationspotential also am Gift, am

Geschlecht der Angeklagten oder an ihrer vor Gericht erwiesenen Liebesbeziehung? Die Zeitungsberichte geben hierauf keine eindeutige Antwort. Stattdessen präsentieren sie im Verlauf ihrer Berichterstattung drei unterschiedliche Falleinschätzungen: Zeigten sich die Journalisten vor Prozessbeginn noch vollständig von der Schuld der Angeklagten überzeugt und von der Erwartung erfüllt, hier stünden zwei »sadistische«, »hinterlistige« und »verschlagene« Frauen vor Gericht, so änderte sich dieses Bild mit dem Auftritt von Ella Klein. Die Tat wird nun als ein Akt der Verzweiflung einer sichtbar eingeschüchterten und ganz und gar unheroischen Person erzählt, die keinen anderen Ausweg aus ihrer gewalttätigen Ehe gesehen hatte und die weniger Strafe denn Mitgefühl verdiene. Diese zwischenzeitliche Sympathie schlägt erneut in eine diesmal kompromisslose Ablehnung um, als durch die Verlesung der Liebesbriefe die homosexuelle Beziehung der beiden Angeklagten publik wird. In der jetzt einsetzenden dritten Phase der Berichterstattung ist es der getötete Klein, dem das Mitleid der Öffentlichkeit gilt und der sich vom brutalen Ehemann zum unschuldigen Opfer zweier »kalt berechnender«, »gefühlloser«, »skrupellos planender« und »abnorm« veranlagter Täterinnen wandelt, die offensichtlich aus »Hassgelüste[n] gegen Männer« gemordet hatten. Das Bild zweier »entmenschter Frauen« änderte sich bis zum Prozessende nicht, und entsprechend wurde das Urteil selbst von der justizkritischen Presse als zu milde kritisiert (Siebenpfeiffer 2005, S. 104–111; Weiler 1998, S. 134–144).

Während Döblins Erzählung allenfalls paraphrasierend und metaphorisierend auf die medialen Fallkonstruktionen eingeht und ihm die Zeitungsartikel in erster Linie als Informationsträger dienen, sind zwei Kommentare aus der Fülle der Medienberichte hiervon ausgenommen. Der erste stammt von dem Vertreter der Berliner Ärztekammer, Dr. Gotthold Mamlock, in Döblins Erzählung als Dr. M. zitiert (S. 69), der als Fachreporter dem Prozess beigewohnt hatte und in seinem Abschlussartikel für das *Berliner*

Tageblatt ausführlich auf die psychische Dynamik zwischen den beiden Angeklagten einging (Melnik 1978, S. 466). Der zweite wurde von dem bekannten Redakteur der *Vossischen Zeitung*, Moritz Goldstein, verfasst, der in seiner Abschlussbetrachtung als Einziger eine Mitschuld von Ellas Vater erwogen hatte. Die auffallende Prominenz des Vaters in Döblins Erzählung, die ihn als patriarchal-autoritären Verbündeten von Link (Klein) und damit als mitverantwortlich für die tödliche Dynamik zwischen den Eheleuten darstellt (vgl. S. 29), könnte durch den Kommentar von Goldstein angeregt worden sein.

Auffällig ist die große Übereinstimmung zwischen den einzelnen Zeitungsartikeln, die teilweise bis in den Wortlaut hineinreicht. Sie zeigt, dass die Berichterstattung im ›Fall‹ Klein/Nebbe weniger auf der Beobachtung der am Geschehen beteiligten Reporter beruhte als vielmehr auf vorselektiertem Informationsmaterial, das die Staatsanwaltschaft in Form von Pressemappen an die Journalisten herausgab. Leider sind diese wie auch die Prozessakte mit den Schriftsätzen der Verteidigung, den Zeugenvernehmungen sowie den Gutachten verschollen, einzig eine Kopie der Anklageschrift findet sich zusammen mit Vorarbeiten und Entwürfen zu den *Freundinnen und ihr Giftmord* in Döblins Nachlass im Deutschen Literaturarchiv Marbach. Die Presseberichte erlauben jedoch Rückschlüsse auf das vor Gericht präsentierte Beweismaterial, das auch Döblin für seine Erzählung benutzte. Die weniger auf wertfreie Informationen als auf eine atmosphärische Schilderung ausgerichteten Artikel zitierten ausführlich aus den Briefen und den psychiatrischen Gutachten, die das Gericht bei dem Psychiater und Sexualwissenschaftler Magnus Hirschfeld, seinem Kollegen Otto Juliusburger, dem psychiatrischen Arzt Friedrich Leppmann sowie einem vierten, namentlich nicht genannten Arzt beauftragt hatte. Döblin kannte, wenn nicht die Gutachten selbst, dann zumindest die von Hirschfeld und Leppmann in der *Ärztlichen Sachverständigen-Zeitung* und der *Weltbühne* im Nachhinein veröffentlichten Fassungen.

Zudem nennt die Erzählung die Gutachter als Dr. H (S. 63) und Dr. L (S. 64) sowie »Sanitätsrat Dr. Juliusburger« (S. 62; die Identität von »Gerichtsmedizinalrat Dr. Th.« bleibt unklar) beim Namen und diskutiert ihre Diagnosen über die körperliche und geistige Verfassung der beiden Angeklagten, wobei die Sympathie erkennbar dem Gutachten von Juliusburger gilt, das am ausführlichsten Eingang in die Erzählung gefunden hat.

... die ›weibliche‹ Art zu töten

Das Gericht hatte im ›Fall‹ Klein/Nebbe zwei psychiatrische Fragen zu klären: Es musste die möglichen sozialpsychologischen und sexualpathologischen Hintergründe der Tat abwägen, und es musste über die Zurechnungs- und damit Schuldfähigkeit der Angeklagten, vor allem der Hauptangeklagten Ella Klein, befinden. Die psychiatrischen Gutachter von Hirschfeld, Juliusburger und Leppmann stimmten trotz ihrer unterschiedlichen fachwissenschaftlichen Richtung sowohl in der Diagnose der Homosexualität als auch darin überein, dass beide Angeklagte Zeichen vermeintlicher körperlicher und geistiger ›Defizite‹ zeigten, wobei sie Ella Klein einen stark ausgeprägten Infantilismus mit womöglich eingeschränkter Zurechnungsfähigkeit attestierten: Die Tat sei aus sexualpathologischen Motiven begangen worden, die bei Ella Klein durch den psychischen Druck des gewalttätigen Ehemanns zusätzlich verstärkt worden seien. In der Frage nach der Bedeutung der Homosexualität für die Zurechnungsfähigkeit gingen die Gutachten hingegen auseinander: Während Hirschfeld und Juliusburger die Angeklagten für voll zurechnungsfähig erklärten mit dem Argument, weiblicher Homosexualität ermangele es grundsätzlich an organischen Ursachen, weswegen es sich bei Ella Klein und Grete Nebbe um eine sogenannte Pseudohomosexualität handele (vgl. Mende 1990), die eine Strafmilderung ausschloss, folgte Leppmanns Beurteilung der zeitgenössischen Psychiatrisierung ›perverser‹ Sexualität. Er postulierte bei Ella einen Kausalzusammenhang zwischen Homosexualität, geistigem Defizit und Giftmord und begründete dies mit der auch bei Döblin zitierten »kindlich entwickelten« Gebärmutter, die die psychopathologische Devianz und die daraus resultierende eingeschränkte Zurechnungsfähigkeit erkläre (Siebenpfeiffer 2005, S. 111–17).

Sein Gutachten entsprach ebenso wie die seiner Kollegen dem um 1900 im Zusammenschluss von Psychiatrie, Sexualwissenschaft, Vererbungslehre und Rechtsprechung errichteten Stereotyp der kriminellen Frau als einer sexuell ›perversen‹, psychisch ›devianten‹ und moralisch ›degenerierten‹ Täterin, die durch ihre ›Verbrechen‹ ihre ›Unweiblichkeit‹ und ›Unmütterlichkeit‹, mithin ihre soziale und biologische ›Abnormität‹ beweise. Im Zuge der Etablierung einer modernen Verbrechertypologie hatten seit Mitte des 19. Jahrhunderts und zunehmend ab der Jahrhundertwende auch in Deutschland Sexualwissenschaftler, Psychiater und Juristen damit begonnen, einen unmittelbar biologischen Zusammenhang zwischen dem Körpergeschlecht eines Täters/einer Täterin und der Tat zu postulieren. Das Augenmerk in Schriften wie Hans Kurellas *Naturgeschichte des Verbrechens* (1893), Paul Näckes *Verbrechen und Wahnsinn beim Weibe* (1894), Otto Weiningers *Geschlecht und Charakter* (1903), Ernst Bleulers *Der geborene Verbrecher* (1896), Ernst Kretschmers *Körperbau und Charakter* (1921), Georg Buschans *Geschlecht und Verbrechen* (1921) oder den in den 1920er Jahren sehr populären Publikationen von Erich Wulffen *Psychologie des Giftmords* (1917) und *Das Weib als Sexualverbrecherin* (1923) richtete sich auf den sogenannten ›Geschlechtscharakter‹, der als ursächlich sowohl für den Rechtsbruch wie auch für die Deliktform galt (u. a. Becker 2002; Greve 2004; Siebenpfeiffer 2005). Im Falle des Giftmords, dessen Verknüpfung mit Weiblichkeit auf eine lange Zuschreibungstradition zurückblickt (Brandt-Schwarze 1996; Niehaus 2005), traten im ›Geschlechtscharakter‹ der Giftmörderin Heuchelei, Verstellungsgabe und Sadismus zu den genannten Eigenschaften hinzu.

Die Wahl des Giftes als Tötungswaffe wurde weder mit der einfachen Verfügbarkeit von Haushaltsgiften, wie z.B. Arsen, noch mit einer schwächeren körperlichen Konstitution erklärt, sondern galt gleichzeitig als Ursache und Folge dieser besonderen sexualpathologischen ›Abnormität‹ (Siebenpfeiffer 2005; Krechner 2000). Die Verbrechenstypologien der 1920er Jahre sahen in der ›typischen‹ Giftmörderin mithin nicht einfach eine Frau, die gegen das Tötungsverbot verstoßen hatte, sondern eine amoralische und sadistische Täterin, die den Mord und das Gift wählte, weil es ihrer pathologischen ›Natur‹ entsprach.

»Aussenseiter der Gesellschaft«

Es ist zu vermuten, dass Döblin die Erzählung *Die beiden Freundinnen und ihr Giftmord* auf Anregung von Rudolph Leonhard für dessen Reihe *Aussenseiter der Gesellschaft. Die Verbrechen der Gegenwart* verfasste (AW, Briefe, S. 126). Diese orientierte sich an den von François Gayot de Pitaval im frühen 18. Jahrhundert begründeten *Causes Célèbres et Intéressantes*, deren Überarbeitung durch François Richer (1772/88) sich durch die Übersetzungen von Carl Wilhelm Franz und Friedrich Immanuel Niethammer so rasch verbreitete, dass im 19. Jahrhundert bereits mehrere sogenannte Pitavalsammlungen existierten. Unter ihnen war die prominenteste der von Julius Eduard Hitzig und Georg Wilhelm Heinrich Häring herausgegebene *Neue Pitaval*, der zwischen 1842 und 1890 in 24 Bänden erschien. Pitavals *Causes Célèbres* waren im Gegensatz zu älteren Kriminalerzählungen, wie Georg Philipp Harsdörffers *Großer Schauplatz jämmerlicher Mordgeschichte* von 1648/50, wissensgesättigte Darstellungen historischer ›Rechtsfälle‹, die praktisches wie theoretisches Wissen aus dem Rechtsbereich mit anderen Wissensbeständen anreicherten und in einer für Laien verständlichen Weise aufbereiteten (Schönert 1983 u. 1991). Hierzu bedienten sie sich von Beginn an literarischer Strategien der Verdichtung, Veranschaulichung und

Fiktionalisierung und begründeten einen zirkulären Verweiszusammenhang zwischen Recht und Literatur, der maßgeblich zum großen Erfolg der Sammlung beitrug. Im Übergang zum 19. Jahrhundert rückten dann vermehrt die inneren Zusammenhänge zwischen einer Tat und der Person des Täters bzw. der Täterin in den Mittelpunkt. Hiervon profitiert noch Döblins Erzählung, die die rechtlichen und psychiatrischen Umstände des ›Falls‹ Klein / Nebbe erkennbar auf die psychische Dynamik zwischen den Täterinnen und ihrem Opfer ausrichtet, dabei aber zugleich einem neusachlichen Erzählstil folgt, der, den distanzierten Blick eines Gutachters, Richters oder Schöffen imitierend, an die Stelle expressionistischer Sprachvehemenz einen überwiegend parataktischen, unpathetischen, fast schon unterkühlten Berichtston treten lässt (Müller-Seidel 1996, S. 361 f.). Die Verquickung von Fakt und Fiktion, von dramatischem Geschehen mit einer an Zeitungsreportagen geschulten Nüchternheit sowie höchster Aktualität mit größtmöglicher Verallgemeinerung machen *Die beiden Freundinnen und ihr Giftmord* zu einem Paradefall neusachlicher Kriminalliteratur, dessen inhaltliche und ästhetische Aktualität bis heute ungebrochen ist.

Mit einem Umfang von 117 Textseiten, den zwei Handschriften nebst graphologischem Gutachten, die Döblin auch dem Schweizer Schriftexperten Ludwig Klages schickte, sowie der *Räumlichen Darstellung der Seelenveränderung* eröffnete die Erzählung 1924 die Reihe *Aussenseiter der Gesellschaft*. Wenngleich aus einem kurzen Schreiben hervorgeht, dass Döblin zuvor eine Publikation in der renommierten Münchner Literaturzeitschrift *Neuer Merkur* erwogen hatte, für die er dem Cheflektor Efraim Frisch am 30. Mai 1924 einen Großteil des Manuskripts mit dem Arbeitstitel Klein / Mable zuschickte (AW, Briefe, S. 125), zahlte sich die Publikation im Verlag *Die Schmiede* nicht zuletzt auch finanziell für ihn aus, denn die bis 1925 verkauften 3000 Exemplare brachten mit 1200 Mark ein höheres Honorar ein als die meisten seiner bis dato erschienenen Werke. Darüber hinaus war er in renommierter Gesellschaft, denn Leonhard hatte für die »Sammlung der interessantesten Kriminalfälle unserer Zeit« (so die Selbstwerbung des Verlags) vor allem experimentierfreudige Autoren der jüngeren Generation wie Egon Erwin Kisch, Ernst Weiß, Iwan Goll, Theodor Lessing, Arthur Holitscher und Hermann Ungar verpflichtet. Döblins Eröffnungsband und mit ihm die Reihe wurden von der ärztlichen und psychiatrischen Fachpresse verrissen (Melnik 1978, S. 470), von der Literaturkritik hingegen gefeiert. Von einem »außerordentlichen Buch« (Siemens 1925, S. 361) ist die Rede, von einem »rein gedanklichen, abrupten Stil«, der die »nackt und kalt zur Tat treibenden Umstände« verdeutliche (Ebermayer 1924/25, S. 633) und dessen »große[ ], sichere[ ] Sprachkraft« (Gerö 1928, S. 525) zu bewundern sei. Doch trotz dieser Kritikerlorbeeren überlebten die *Aussenseiter* nicht einmal zwei Jahre. 1925 wurde die Reihe nach nur 14 Bänden eingestellt, bereits geplante Bände von Joseph Roth sowie Heinrich und Thomas Mann wurden nicht mehr realisiert (Linder 1994, S. 249).

Wie die diskursive Vereindeutigung der Giftmörderin gezeigt hat, begab sich Döblin mit der Wahl eines Giftmordfalls in ein Themenfeld, dessen Popularität sich im großen medialen Echo auf den ›Fall‹ Klein/Nebbe bestätigte. Stellten Kriminalfälle, unabhängig davon, ob sie ›authentisch‹ oder ›frei erfunden‹ waren, generell ein beliebtes Thema der Literatur der Weimarer Republik dar (Kreutzahler 1987; Herzog 2009), so galt dies in gesteigertem Maße für Rechtsbrüche, die die Erwartung auf eine politische, soziale oder psychologische Dramatik nicht enttäuschten (Linder/Ort 1999; Ehrlicher/Siebenpfeiffer 2002). Zu Letzteren zählte grundsätzlich alles, was in die Rubrik *sex and crime* fiel, zumal wenn, wie bei Giftmorden, die sexuelle und psychische Devianz den Kern des Verbrechens bildete (Weiler 1998; Uhl 2003). Neben Lustmorden, Kindsmorden und politischen Verbrechen finden sich in der Literatur der 1920er Jahren entsprechend zahlreiche Giftmorderzählungen, wie z. B. der ebenfalls bei Leonhard erschienene *Fall Vukobrankovics* von Ernst Weiß, Clara Viebigs

Charlotte von Weiß oder Claire Golls *Jedes Opfer tötet seinen Mörder*. Wiederum für die Besonderheit des ›Falls‹ Klein/Nebbe spricht hierbei, dass er nicht nur von der damaligen Fachpresse aufmerksam verfolgt wurde, sondern sich mit Joseph Roth und Robert Musil zwei weitere Autoren seiner annahmen, wenn auch in kürzerer, essayistischer Form, als dies bei Döblin der Fall war. Die vorläufig letzte Station in der Reihe der Fallbearbeitungen markiert der 1991 erschienene Roman *Die Giftmörderinnen* von Elfriede Czurda, die der »Tatsachenphantasie« Döblins (GW, Schriften zu Ästhetik, S. 122) eine an die Grenzen der sprachlichen Belastbarkeit getriebene Fallkonstruktion gegenüberstellt, die die Genese des Giftmords im Vergleich zu Döblin erkennbar feministisch vereindeutigt (Müller-Seidel 1996, S. 358; Karlavaris-Bremen 2007, S. 276; Thorpe 1997).

»Tatsachenphantasie« …

Dass sich *Die beiden Freundinnen und ihr Giftmord* auf den ›Fall‹ Klein/Nebbe bezieht, ist trotz der Namensänderungen – mit einer Ausnahme (S. 66) werden aus Ella und Willi Klein Elli und Karl Link, aus Nebbe wird Bende und aus Frau Riemer Frau Schnürer – so offensichtlich, dass es keiner weiteren Erörterung bedarf. Interessanter ist die literarische Fallkonstruktion, die Döblin vorlegt. Die Erstausgabe, der die hier vorliegende Edition folgt, bringt drei unterschiedliche mediale Darstellungsformen auf komplexe Weise zusammen: *Erstens*, die ›eigentliche‹ Fallgeschichte, deren sechs Kapitel jeweils eine Station im Fallverlauf erzählen. An sie schließt sich im Original ein weiterer Text an, der über eine Überschrift als *Epilog* ausgewiesen ist. Fallgeschichte und Epilog zusammen bilden den narrativen Teil der Fallbearbeitung. *Zweitens*, die beiden graphologischen Proben nebst Kurzgutachten, als deren Verfasser sich Döblin in einem Brief an Ludwig Klages vom 23. 12. 1924 ausgibt (AW, Briefe, S. 126) und bei denen es sich nicht um eine ironische Verwendung »pseudo-wissenschaftlicher Mittel« (Claßen 1988, S. 210) handelt, sondern um ein Mittel der Komplexitätssteigerung. Und schließlich *drittens*, die durch ein Zwischenblatt eingeleiteten *Räumlichen Darstellungen der Seelenveränderungen*, die den erzählten ›Fall‹ abschließend nochmals in 17 farbigen Schaubildern und einem Schwarz-Weiß-Diagramm, das speziell Link gewidmet ist, visuell aufbereiten.

Die Verschiebung in der medialen Gesamtkomposition von einem narrativen über einen Text und Bild kombinierenden Text bis hin zu dem überwiegend visuell gestalteten Psychogramm der Schaubilder korrespondiert mit der gleichzeitig im Epilog zum Ausdruck gebrachten Skepsis dem (eigenen) Erzählen gegenüber. Dem Epilog kommt in poetologischer wie in fallanalytischer Hinsicht eine besondere Bedeutung zu, reflektiert hier doch die Erzählinstanz über die in der Moderne topisch gewordene Unmöglichkeit, Wirklichkeit qua Sprache zu erfassen:

> Da sind zuerst die fürchterlich unklaren Worte, die man gebrauchen muß, um solche Vorgänge oder Zusammenhänge zu beschreiben. Auf Schritt und Tritt Verwaschenes, oft handgreiflich Kindisches. Die summarischen dummen Worte für die Beschreibung innerer Vorgänge: Neigung, Abneigung, Abscheu, Liebe, Rachegefühl. Ein Mischmasch, ein Durcheinander […] Denn das Gefährliche solcher Worte ist immer, daß man mit ihnen zu erkennen glaubt; dadurch versperren sie den Zugang zu den Tatsachen. (S. 73 f.)

Während die ›eigentliche‹ Fallgeschichte noch vergleichsweise konventionell der Chronologie des Tathergangs folgt, stellt der Epilog unmittelbar nach dem Ende des Erzählens das Erzählen selbst zur Disposition und artikuliert eine Beunruhigung, die, weil die Giftmörderin selbst »dem *Verstehen* einen Widerstand entgegensetzt« (Niehaus 2005, S. 154), konstitutiv für das Genre der Giftmorderzählung ist. Das Irritationspotential einer solchen zum »Fall der Literatur« (ebd.) gewordenen Figur wird bei Döblin nun erstmalig zum Prinzip des Erzählens selbst erhoben:

> Die Schwierigkeiten des Falles wollte ich zeigen, den Eindruck verwischen, als verstünde man alles oder das meiste an solchem massiven Stück Leben. Wir verstehen es, in einer bestimmten Ebene. (S. 76)

Die zum Ausdruck gebrachte Sprachskepsis verweist nicht nur auf eine nach wie vor aktuelle Besonderheit (post)modernen Erzählens, die als ›Fiktionsfiktion‹, ›Authentizitätsfiktion‹ oder schlicht ›Metafiktion‹ die gegenwärtige Literaturkritik und Literaturwissenschaft umtreibt, sie spiegelt mehr noch die für Döblins Poetik insgesamt charakteristische Infragestellung der Wirklichkeitsbedingungen von Literatur wider, die dieser zwischen 1919 und 1929 u.a. in den Essays *Bekenntnis zum Naturalismus, An Romanautoren und ihre Kritiker, Schriftstellerei und Dichtung* und *Der Bau des epischen Werkes* formuliert hatte (vgl. GW, Schriften zu Ästhetik, u. Ribbat 1993). Dass diese Essays *Die beiden Freundinnen und ihr Giftmord* nicht nur in zeitlicher, sondern auch in poetologischer Hinsicht rahmen, wird an der anhaltenden Insistenz Döblins sichtbar, dass der literarische Text Wirklichkeit nicht mimetisch zu imitieren, sondern aus »Wortmaterial« und »Realitätsdaten« zu erbauen habe (Fore 2006, S. 171), was sich nun seinerseits wie eine nachträgliche ›Bau‹anleitung zu seinem literarischen Giftmordfall liest.

In *Die beiden Freundinnen und ihr Giftmord* bringt die Skepsis des Erzählens einen ersten Entwurf einer neuartigen Erzählform hervor, die unterschiedslos und ungekennzeichnet Rechtstexte mit Zeitungsberichten, psychiatrischen Gutachten und Fallkommentaren zu einem hybriden Textgewebe montiert, dessen narrative Komposition, dramatische Verdichtung und aus Fakten und Fiktionen eng gewebte Textur auf die späteren Großromane, allen voran auf *Berlin Alexanderplatz*, vorausweist. Die von Wolfgang

Schäffner dabei mit Blick auf den Epilog aufgestellte These, in dessen poetologischer Reflexion zeichne sich eine »elementare Erfahrung mit dem Wahnsinn [ab]« (Schäffner 1995, S. 200), ist in Hinblick auf Döblins psychiatrische Expertise und Tätigkeit als Allgemeinarzt im Osten Berlins überaus naheliegend, allerdings verkennt sie, dass es Döblin bei den *Freundinnen und ihr Giftmord* nicht, wie beispielsweise noch in *Die Ermordung einer Butterblume*, um die Entgrenzung der Sprache in den Wahn ging, sondern darum, eine belastbare Antwort auf die literarische Herausforderung zu finden, komplexe Wirklichkeit in und mit Hilfe von Sprache transparent zu machen, anstatt diese wie in den Fachdiskursen ohne Verständnis für die Sache zu vereinfachen und so zu verschleiern, dass »[d]ie meisten Seelendeutungen [...] nichts als Romandichtungen [sind]« (S. 74). Dass damit traditionelle hermeneutische Sinnerwartungen gezielt unterlaufen werden (Weiler 1998, S. 228 f.), ist nur eine von mehreren poetologischen Folgen, denen man allerdings nur auf die Spur kommt, wenn man die Teile der Erzählung nicht als hierarchische, sondern als gleichwertige Elemente eines Textgewebes liest, die sich teils ergänzen, teils kommentieren, teils reflektieren und teils auch dekonstruieren, dabei aber immer dem Hauptanliegen verpflichtet bleiben, die »Schwierigkeiten des Falles« zu zeigen.

... und Textgewebe

Im Zentrum von *Die beiden Freundinnen und ihr Giftmord* steht damit ein Erzählverfahren, das der Eindeutigkeit des journalistischen, gerichtlichen und fachwissenschaftlichen Blicks eine mehrdeutige Textkomposition entgegensetzt, die ihrerseits zu einer Reihe von Umdeutungen im Fallgeschehen führt: So wird die rechtliche Logik von Schuld und Strafe durch die Dynamik eines »[m]ehrwertigen« (S. 33) Konflikts ersetzt, und an die Stelle verengender, sexualpathologischer Zuschreibungen tritt die offene Ambivalenz einer von den Beteiligten unbemerkten Hassliebe, die die klare Grenze zwischen Täterin(nen) und Opfer unscharf werden lässt. Die Logik des Unbewussten, die Stefan Andriopoulos auf den uneingestandenen Kinderwunsch Ellis, den er als Movens des Giftmords liest, überträgt (Andriopoulos 1996, S. 130 f.), ist nicht zwangsläufig nur auf Freud hin zu lesen, auch wenn der Einfluss der in Berlin vertretenen Psychoanalyse hier zur Geltung kommt und die Erzählung sich durchaus kenntnisreich dessen Vokabulars bedient (Fuechtner 2011; Anz 1997). Sie kommt insbesondere in räumlichen Metaphern wie »unterirdische Enttäuschung« (S. 8), »Seelengebiet« (S. 12 u. 23), »Seelenzone« (S. 36), »Wutsphäre« (S. 30) und »verbotene[r] Ort« (S. 55) zum Ausdruck, die die narrative Falldarstellung mit der *Räumlichen Darstellung der Seelenveränderung* verbinden, deren Simultanität jedoch ebenso wie zuvor bei der Fallgeschichte jede monokausale Lesart des ›Falls‹ zurückweist.

Die Wirkkräfte des Unbewussten stellen das wichtigste Kippmoment von Döblins Fallgeschichte dar, denn in ihr unterläuft die Erzählung die Summe der rechtlichen, kriminologischen und journalistischen Erklärungsmuster, vor deren Folie sich die Fallversion entfaltet. Bei Döblin tritt an die Stelle wissentlich handelnder und ›zur Tat entschlossener‹ Subjekte eine Eigendynamik psychischer Prozesse, die jede einfache Beziehung zwischen Tat und Täterinnen verweigert und dadurch einer Perspektive Geltung verschafft, die den Giftmord weder als Resultat willentlicher Entscheidung noch als Produkt mentaler Unzurechnungsfähigkeit, noch als Effekt sexual- oder psychopathologischer ›Abnormitäten‹ erzählt, sondern als das fatale Ergebnis einer nur bedingt beeinflussbaren Wirkungskette, in der Täterinnen wie Opfer als Marionetten ihrer eigenen Psychodynamik erscheinen.

Dass die Weigerung, einfache Ursachen zu benennen, nicht ohne Auswirkungen auf die rechtlich nicht unwichtige Frage nach der Schuld bleibt, ist naheliegend. Doch selbst hier schreibt *Die beiden Freundinnen und ihr Giftmord* die rechtliche und journalistische Fallkonstruktion neu, indem die Schuldfrage nicht nur an die Täterinnen, sondern auch an das Opfer adressiert wird. Die Figur von Link/Klein wird hierdurch zur offensichtlichsten »Tatsachenphantasie« des Textes, da die Erzählung ihn performativ zum Leben wiedererweckt, um ihm zusammen mit dem Vater eine Mitverantwortung an der Tat zuzuschreiben, die dem Giftmordfall in der Allianz von Vater und Ehemann eine deutlich gesellschafts- und patriarchatskritische Dimension verleiht. Döblin wäre aber nicht Döblin, würde er nicht auch hier jede allzu einfache Antwort einer sofortigen Revision unterziehen, etwa, wenn die Bestimmung der Schuld am Ende in einer Feststellung mündet, die vor allem die Absurdität der Frage selber sichtbar macht:

> Man war gar nicht mehr auf dem Gebiet des »Schuldig-Unschuldig«, sondern auf einem anderen, auf einem schrecklich unsicheren, dem der Zusammenhänge, des Erkennens, Durchschauens.
>
> Der tote Link hatte sich an Elli gehängt, die ihn nicht recht mochte. Sollte man ihn dafür schuldig sprechen? Eigentlich müßten sie [die Geschworenen] es; es war die Ursache und so doch auch die Schuld des Folgenden. [...]
>
> Elli selbst hatte sich von ihm zur Ehe verleiten lassen. Sie war von Haus aus nicht voll entwickelt, geschlechtlich kühl oder besonders. [...]
>
> Und so ihre Freundin. Es war schwer, unmöglich, von Schuld in dieser Ebene zu sprechen, nicht einmal von größerer und kleinerer Schuld. Die Geschworenen in dem geschlossenen Zimmer sahen sich vor die Notwendigkeit gestellt, einen Uterus, einen Eierstock schuldig zu sprechen, weil er so und nicht so gewachsen war. (S. 66)

Von derlei Vielschichtigkeit wissen die fünf Ausgaben, die seit 1924 von *Die beiden Freudinnen und ihr Giftmord* erschienen sind, nur wenig, folgt doch keine von ihnen der Textgestalt der Erstausgabe, sondern präsentiert eine um die Handschriften und die Schaubilder, in einem Fall sogar um den Epilog gekürzte Fassung. Obgleich die Erzählung *Die beiden Freundinnen und ihr Giftmord* nie ganz aus der Wahrnehmung verschwunden war, zeugen die unvollständigen Editionen von dem tendenziellen Schattendasein, das die Erzählung trotz einer Hörspielproduktion, einer Theateraufführung und der Verfilmung unter der Regie von Axel Corti bis in die 1990er Jahre hinein fristete. Mit der hier vorliegenden Neuausgabe wird der Text zum ersten Mal seit der Erstveröffentlichung in seiner Originalgestalt zugänglich gemacht. Sie ist damit Ausdruck eines in den letzten Jahren kontinuierlich gewachsenen Interesses an einem ›Stück Literatur‹, das lange im Schatten der großen Werke Döblins stand, um nun die wissenschaftliche und öffentliche Aufmerksamkeit zu bekommen, die ihm in literarischer und poetologischer Hinsicht zusteht.

Hania Siebenpfeiffer

Literaturhinweise

1. *Texte von Alfred Döblin*

AW – Ausgewählte Werke in Einzelbänden
GW – Gesammelte Werke

Briefe. Hrsg. von Heinz Graber. Olten, Freiburg/Br. 1970 u. München 1988 [AW].
Die beiden Freundinnen und ihr Giftmord. Berlin 1924 (= Aussenseiter der Gesellschaft. Die Verbrechen der Gegenwart. Hrsg. von Rudolph Leonhard, Bd. 1).
Die beiden Freundinnen und ihr Giftmord. Der Fall Elli Link und Grete Bende von Alfred Döblin. In: Mostar, Gerhart Hermann; Stemmle, Robert A. (Hrsg.): Der Neue Pitaval. Giftmord. München [u. a.] 1964, S. 147–212.
Die beiden Freundinnen und ihr Giftmord. Frankfurt/M. 1971.
Die beiden Freundinnen und ihr Giftmord. Reinbek bei Hamburg 1978.
Die beiden Freundinnen und ihr Giftmord. Mit einem Nachwort von Jochen Meyer und zwei Handschriftenproben. Düsseldorf, Zürich 2001, 2. Aufl. 2007.
Die beiden Freundinnen und ihr Giftmord. Unvollständiges Manuskript mit Vorarbeiten, Entwürfen, Einzelblättern. In: Nachlass Döblin. Deutsches Literaturarchiv Marbach.
Schriften zu Ästhetik, Poetik und Literatur. Mit einem Nachwort von Erich Kleinschmidt. Frankfurt/M. 2013 [GW].

2. *Bearbeitungen*

Die beiden Freundinnen und ihr Giftmord. Theaterfassung. Regie/Bühnenfassung: Peer Raben. Bochum/Kammerspiele 1976.
Die beiden Freundinnen und ihr Giftmord. Kriminalhörspiel.

Nach einer Erzählung von Alfred Döblin. Regie und Manuskript: Charles Benoit. Länge: 56 Min., Schweizer Radio DRS 2007.
Die beiden Freundinnen und ihr Giftmord. Gekürzte Hörbuch-Fassung. Düsseldorf, Zürich 2002, 2. Aufl. 2007.
Die beiden Freundinnen. Nach dem Bericht »Die beiden Freundinnen und ihr Giftmord« von Alfred Döblin. Regie: Axel Corti; Drehbuch: Knut Boeser; Kamera: Gernot Roll; Darsteller: Ulrike Bliefert (als Elli Link), Erika Skrotzki (als Grete Bende), Stefan Wigger (als Karl Link), Brigitte Mira (als Mutter Links) [u. a.]. Länge: 110 Min., BRD 1978.
Giftmord in Lichtenberg. Der Fall Ella K. und Grete N. Hörspiel in der Reihe »Berühmte Prozesse«. Regie: Werner Völkel; Manuskript: Horst Cierpka. RIAS Berlin 1971.

3. *Texte über Alfred Döblin und sonstige Literatur*

Andriopoulos, Stefan: Unfall und Verbrechen. Konfigurationen zwischen juristischem und literarischem Diskurs um 1900. Pfaffenweiler 1996.
Anz, Thomas: Alfred Döblin und die Psychoanalyse. Ein kritischer Bericht zur Forschung. In: Internationales Alfred-Döblin-Kolloquium 1995. Hrsg. von Gabriele Sander. Bern u. a. 1997, S. 9–30.
Becker, Peter: Verderbnis und Entartung. Eine Geschichte der Kriminologie des 19. Jahrhunderts als Diskurs und Praxis. Göttingen 2002.
Brandt-Schwarze, Ulrike: Intriganten, Giftmischer und Meuchelmörder. Die Handlanger des Bösen im Trauerspiel des frühen 19. Jahrhunderts. In: Zeitschrift für deutsche Philologie, Heft 115 (1996), S. 78–93.
Claßen, Isabella: Darstellungen von Kriminalität in der deutschen Literatur, Presse und Wissenschaft 1900 bis 1930. Frankfurt/M. 1988.

Ebermayer, Erich: Aussenseiter der Gesellschaft. In: Die Literatur, Jg. 27 (1924/25), S. 633 f.

Ehrlicher, Hanno/Siebenpfeiffer, Hania (Hrsg.): Gewalt und Geschlecht. Bilder, Literatur und Diskurse im 20. Jahrhundert. Köln, Weimar 2002.

Fore, Devin: Döblin's Epic. Sense, Document, and the Verbal World Picture. In: New German Critique, Nr. 99 (2006), S. 171–207.

Fuechtner, Veronika: Berlin Psychoanalytic. Psychoanalysis and Culture in Weimar Republic Germany and beyond. Berkeley u. a. 2011.

Gerö, Georg: Döblin: Die beiden Freundinnen und ihr Giftmord. In: Imago, Bd. XIV (1928), S. 524.

Goldstein, Moritz: Freundinnen. In: Vossische Zeitung, 17. 3. 1923 (Morgenausgabe).

Greiner, Leo: Die beiden Freundinnen und ihr Giftmord. In: Berliner Börsen-Courier, Nr. 149, 29. 03. 1925 (Beilage der Morgenausgabe).

Greve, Ylva: Verbrechen und Krankheit. Die Entdeckung der »Criminalpsychologie« im 19. Jahrhundert. Köln 2004.

Herzog, Todd: Crime Stories. Criminalistic Fantasy and the Culture of Crisis in Weimar Germany. New York, Oxford 2009.

Hirschfeld, Magnus: Die Giftmischerinnen. In: Weltbühne, Jg. 19, Nr. 13 (1923), S. 358–361.

Karlavaris-Bremer, Ute: Außenseiterinnen der Gesellschaft. Alfred Döblins Erzählung »Die beiden Freundinnen und ihr Giftmord« aus interdisziplinärer Perspektive. In: Internationales Alfred-Döblin-Kolloquium 2007. Hrsg. von Sabina Becker und Robert Krause. Bern u. a. 2008, S. 265–279.

Köhler, Willi: Vergessene Bücher. Die beiden Freundinnen und ihr Giftmord. In: Neues Deutschland, Nr. 282, 13. 10. 1965 (Literaturbeilage 10/1965), S. 16.

Krechner, Brigitte: Die Sexualverbrecherin. Die paradoxe Konstruktion weiblicher Tätertypen in der historischen Kriminalpsychologie. In: Bettinger, Effi / Ebrecht, Angelika (Hrsg.): Querelles. Jahrbuch für Frauenforschung 2000, Bd. 5: Transgressionen. Grenzgängerinnen des moralischen Geschlechts. Stuttgart 2000, S. 169–197.

Kreutzahler, Birgit: Das Bild des Verbrechers in Romanen der Weimarer Republik. Eine Untersuchung vor dem Hintergrund anderer gesellschaftlicher Verbrecherbilder und gesellschaftlicher Grundzüge der Weimarer Republik. Frankfurt / M. 1987.

Leppmann, Friedrich: Der Giftmordprozeß K. und Gen. In: Ärztliche Sachverständigenzeitung, Jg. 1923, Nr. 11 / 12. Berlin 1923, S. 121–134.

Linder, Joachim / Ort, Claus-Michael (Hrsg.): Verbrechen – Justiz – Medien. Konstellationen in Deutschland von 1900 bis zur Gegenwart. Tübingen 1999.

Linder, Joachim: Außenseiter der Gesellschaft. Die Verbrechen der Gegenwart: Straftäter und Strafverfahren in einer literarischen Reihe der Weimarer Republik. In: Kriminologisches Journal, Jg. 26, Nr. 4 (1994), S. 249–272.

Maiwald, Manfred: »Die beiden Freundinnen und ihr Giftmord«. Juristische Betrachtungen zu einem literarischen Prozeßbericht. In: Ulrich Mölk (Hrsg.): Literatur und Recht. Literarische Rechtsfälle von der Antike bis in die Gegenwart. Göttingen 1996, S. 370–382.

Mamlock, Gotthold: Freundinnen. Sonderbericht. In: Berliner Tageblatt vom 15. 3. 1923 (Morgenausgabe).

Melnik, Hans Jürgen: Alfred Döblins Versuch der literarischen Verarbeitung eines Giftmordprozesses in Berlin 1923. In: Mitteilungen des Vereins für die Geschichte Berlins, Jg. 74, Nr. 4 (1978), S. 465–479.

Mende, Bodo: Die antihomosexuelle Gesetzgebung in der Weimarer Republik. In: Die Geschichte des § 175. Strafrecht gegen Homosexuelle. Hrsg. von Freunde eines Schwulen Museums in Berlin e. V. Berlin 1990, S. 82–104.

Müller-Seidel, Walter: Alfred Döblin, »Die beiden Freundinnen und ihr Giftmord«. Psychiatrie, Strafrecht und moderne Literatur. In: Ulrich Mölk (Hrsg.): Literatur und Recht. Literarische Rechtsfälle von der Antike bis in die Gegenwart. Göttingen 1996, S. 356–369.

Musil, Robert: Das verbrecherische Liebespaar. Die Geschichte zweier unglücklicher Ehen. In: ders.: Prosa und Stücke. Hrsg. von Adolf Frisé. Reinbek bei Hamburg 1978, S. 669–671.

Niehaus, Michael: Die Figur der Giftmischerin als Fall der Literatur. In: KulturPoetik, Bd. 5 / 2 (2005), S. 153–168.

Ribbat, Ernst: »Tatsachenphantasien«. Über einige Mischtexte Alfred Döblins. In: Internationale Alfred-Döblin-Kolloquien 1989 und 1991. Hrsg. von Werner Stauffacher. Bern u. a. 1993, S. 84–102.

Roth, Joseph: Die Frauen Nebbe und Klein. In: Werke I: Das journalistische Werk 1915–1923. Hrsg. von Klaus Westermann. Köln u. a. 1989, S. 952–954.

Rubin, Hans: Die beiden Freundinnen und ihr Giftmord. In: Zeitschrift für Sexualwissenschaft, Bd. 12 (1925 / 26), S. 98.

Schäffner, Wolfgang: Die Ordnung des Wahns. Zur Poetologie psychiatrischen Wissens bei Alfred Döblin. München 1995.

Schönert, Jörg (Hrsg.): Erzählte Kriminalität. Zur Typologie und Funktion narrativer Darstellungen in Strafrechtspflege, Publizistik und Literatur zwischen 1770 und 1920. Tübingen 1991.

Schönert, Jörg: Zur Ausdifferenzierung des Genres ›Kriminalgeschichten‹ in der deutschen Literatur vom Ende des 18. bis zum Beginn des 20. Jahrhunderts. In: Schönert, Jörg (Hrsg.): Literatur und Kriminalität. Die gesellschaftliche Erfahrung von Verbrechen und Strafverfolgung als Gegenstand des Erzählens. Deutschland, England und Frankreich 1850–1880. Tübingen 1983, S. 96–125.

Siebenpfeiffer, Hania: »Böse Lust«. Gewaltverbrechen in Diskursen der Weimarer Republik. Köln [u. a.]: Böhlau 2005.

Siemens, Hans: Die beiden Freundinnen und ihr Giftmord. In: Die Weltbühne, Jg. 21 / I (1925), S. 360 f.

Stekel, Wilhelm: Medizinische Psychologie, Psychotherapie, Psychoanalyse und Sexualwissenschaften. In: Medizinische Klinik, Jg. 22 / I (1926), S. 148.

Thorpe, Kathleen: »Häutungen« by Verena Stefan and »Die Giftmörderinnen« by Elfriede Czurda. In: Frauen. MitSprechen, MitSchreiben. Hrsg. von Marianne Henn u. Britta Hufeisen. Stuttgart 1997, S. 490–499.

Uhl, Karsten: Das »verbrecherische Weib«. Geschlecht, Verbrechen und Strafen im kriminologischen Diskurs 1800–1945. Münster 2003.

Weiler, Inge: Giftmordwissen und Giftmörderinnen. Eine diskursgeschichtliche Studie. Tübingen 1998.

Alfred Döblin
Gesammelte Werke
Herausgegeben von Christina Althen

Bd. 1	Jagende Rosse / Der schwarze Vorhang
Bd. 2	Die Ermordung einer Butterblume. Gesammelte Erzählungen
Bd. 3	Die drei Sprünge des Wang-lun
Bd. 4	Wadzeks Kampf mit der Dampfturbine
Bd. 5	Wallenstein
Bd. 6	Berge Meere und Giganten
Bd. 7	Die beiden Freundinnen und ihr Giftmord
Bd. 8	Reise in Polen
Bd. 9	Manas
Bd. 10	Berlin Alexanderplatz
Bd. 11	Unser Dasein
Bd. 12	Babylonische Wandrung oder Hochmut kommt vor dem Fall
Bd. 13	Pardon wird nicht gegeben
Bd. 14	Amazonas
Bd. 14.1	Das Land ohne Tod
Bd. 14.2	Der blaue Tiger
Bd. 14.3	Der neue Urwald
Bd. 15	November 1918
Bd. 15.1	Bürger und Soldaten 1918
Bd. 15.2	Verratenes Volk
Bd. 15.3	Heimkehr der Fronttruppen
Bd. 15.4	Karl und Rosa
Bd. 16	Der Oberst und der Dichter / Die Pilgerin Aetheria
Bd. 17	Der unsterbliche Mensch / Der Kampf mit dem Engel
Bd. 18	Schicksalsreise
Bd. 19	Hamlet oder Die lange Nacht nimmt ein Ende
Bd. 20	Die Geschichte vom Franz Biberkopf / Schriften zum Film
Bd. 21	Schriften zu Leben und Werk
Bd. 22	Schriften zu Ästhetik, Poetik und Literatur
Bd. 23	Schriften zur Politik und Gesellschaft
Bd. 24	Schriften zu jüdischen Fragen